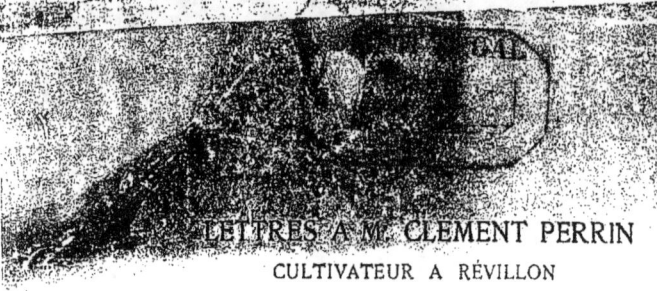

LETTRES A M. CLÉMENT PERRIN
CULTIVATEUR A RÉVILLON

LA QUESTION FROMAGÈRE

VOSGIENNE

PAR

Louis COLIN

Membre de la Société française
de l'Industrie laitière,
du Comice agricole de Remiremont, etc, etc.

> Pâturage et labour sont les deux mamelles
> de la France.

ÉPINAL
V. COLLOT IMPRIMEUR

1882

LETTRES A M. CLÉMENT PERRIN
CULTIVATEUR A RÉVILLON

LA QUESTION FROMAGÈRE

VOSGIENNE

PAR

Louis COLIN

Membre de la Société française
de l'Industrie laitière

ÉPINAL
V. COLLOT IMPRIMEUR
1882

A Monsieur CLAUDE, Sénateur des Vosges.

Un ami de l'agriculture et du progrès vous adresse ce livre. A défaut de la fortune qui fait éclore les monuments et les œuvres de bienfaisance, il a exploité le seul capital que la Providence lui ait donné en ce monde. C'est le denier intellectuel qu'il offre, en témoignage de patriotisme, à tous ses concitoyens.

Le mettre sous votre égide, c'est lui donner le passeport qui est nécessaire pour lui ouvrir la porte de nos chaumières. C'est aussi rappeler à vos électeurs que vous avez pris devant eux l'engagement formel de défendre au Sénat leurs plus chers intérêts. Confiant dans votre sollicitude pour eux, il compte sur votre appui bienveillant, pour tirer les conclusions pratiques de ses humbles efforts.

Votre dévoué serviteur,

Louis COLIN

Membre de la Société française de l'Industrie laitière.

AVANT-PROPOS

———◆———

Le fromage, dit *Gérômé*, est un descendant dégénéré du Munster. Au Xe siècle, les *Chaumontois*, qui étaient venus prendre
possession des points culminants de la chaîne des Vosges, possédaient de nombreuses vacheries sur ces parages. En l'an
1300, on comptait 38 *Hofs*, du ballon de Saint Maurice au Donon,
avec une moyenne de 40 têtes de bétail dans chacun. De ces
divers établissements, descendaient pour l'Alsace des produits
exquis que les trayeurs ou *malkers* allemands confectionnaient
avec une remarquable perfection. Seule l'Alsace avait le privilège de les consommer qu'elle garda pendant plusieurs siècles.

L'industrie du fromage ne devait pas être confinée sur ces
hauteurs. Avec le cours des années, elle fit irruption sur le versant occidental des montagnes et descendit jusqu'à Gérardmer.
Ce fut là même le grand centre et l'octroi par où les fromages
devaient passer pour payer leurs impositions avant d'être livrés
au commerce. De là le nom de Gérômé qui leur est demeuré
et par droit de redevance et par droit de naissance. ‑

A quelle époque ce mouvement d'expansion eut-il lieu ? Il
serait bien difficile de le déterminer. Toutefois, il est à peu près
certain que les pays voisins de Gérardmer ont devancé de beaucoup les autres dans la fabrication du fromage. Tandis qu'à
l'imitation de Munster, la ville à laquelle Gérard d'Alsace a
donné son nom, comptait un certain nombre de marcaires dans
ses environs, les villages éparpillés plus loin ne possédaient
guère que des chèvres. Aussi le Gérômé y était-il peu connu.
La fabrication s'appliquait de préférence à confectionner du *chic*
ou fromage blanc, destiné à la consommation sur place. Plusieurs

localités gardent de ce fait un irrécusable souvenir. C'est ainsi que les habitants de Thiéfosse portent le surnom de *Kedal*, du double mot allemand *Kee et Thaler* qui signifie vallée des chèvres. Un propriétaire de Xoulse, commune de Cornimont, en possédait quarante. Et ainsi de beaucoup d'autres dont la tradition locale rappelle les noms.

L'Alsace, comme je l'ai dit, fut le premier lieu où déboucha le Géromé. Colmar et Strasbourg le recevaient au même titre que le Munster. On raconte avoir vu passer un jour vingt-deux voitures de denrées se dirigeant, par le col de Brâmont, vers les bords du Rhin. Tous nos fromages, à cette époque reculée, suffisaient à peine à l'alimentation des villages d'Alsace. Mais bientôt la production s'agrandit.

Après l'Alsacien, vint le Franc-comtois. Besançon leur ouvrit ses portes, puis après, Epinal, puis Nancy, puis Paris. Je ne sais pas si quelque parcelle de l'ancien Géromé est restée attachée au palais des habitants de ces villes, mais, à coup sûr, ils sont demeurés les plus difficiles à servir. La fleur de nos produits peut seule y espérer quelque faveur. Mais alors le Géromé jouissait d'un grand renom. Il était petit, souple, gras et jaune, comme le Munster, son frère d'Alsace, avec un arôme supérieur en ton et intensité.

La forme ronde de 1 kilog. fut la première qu'il affecta, puis vinrent, à titre de variété, soit les couronnes perforées au milieu, soit les formes bien connues sous le nom d'angelots. Elles régnaient encore au commencement de ce siècle, lorsque le gros Géromé massif et compact fit son apparition. Je le compare au frelon qui entre dans une ruche. C'est pour la ruiner et la dévorer. L'angelot néanmoins résista longtemps encore. Il mit trente ans pour battre en retraite, et ce fut là, à proprement parler, le commencement de notre décadence. Au lieu de fournir les bouches fines de nos cités, l'expédition descendit rapidement, avec les gros pains, à la clientèle ouvrière de la campagne et des usines. La consommation fit un pas en arrière, elle n'a pas cessé un instant de reculer. Avec un lait excellent, des pâturages moitié suisses et moitié normands, nous sommes devenus les très-humbles fournisseurs des pauvres.

Toutefois, la transformation du Gérômé ne put altérer d'un jour à l'autre son antique réputation. Longtemps encore, le marcaire conserva l'habitude de ne se dessaisir de ses produits que dans un état parfait de maturité. Aujourd'hui, depuis 10 ans, avec nos débouchés multiples sous les climats chauds, les trois quarts de nos fromages ont à peine une forme prise qu'on les expédie. Dégénéré de forme, dégénéré de goût, le Gérômé est aussi dégénéré de réputation. Ce durant, le Munster a fait son chemin, et dépasse de cinquante coudées son frère cadet des montagnes des Vosges. Il est l'aliment du riche, et le Gérômé ne paraît plus que sur la table du pauvre. Seul Gérard-mer et les villages les plus voisins n'ont pas subi la corruption industrielle soufferte par les autres pays. Le petit fromage jaune s'y fabrique comme au commencement et se vend 30 francs par 100 kilog. plus que les gros pains blancs. J'ai vu à Plainfaing une facture de 140 francs, tandisque nous vendions 85 nos fromages pris en gare de l'expéditeur. Et il y a trente ans que l'on ne fabriquait aucun fromage à Plainfaing.

Une situation aussi malheureuse devait éveiller l'attention des hommes intelligents de notre pays. Frappée de notre infériorité industrielle et des cours dérisoires que nos produits obtenaient parfois sur les places, la Société d'Emulation des Vosges s'était demandé ce qu'il conviendrait de faire pour résoudre le problème. Après de mûres réflexions, elle était arrivée à conclure à une métamorphose complète dans nos procédés de fabrication. Au Gérômé tombé dans le discrédit public, devait succéder le Gruyère français, à l'imitation des montagnes du Jura. Mais hélas! que de difficultés à vaincre, pour y arriver. L'institution des fruiteries aurait exigé des efforts surhumains. D'autre part, il eût été regrettable d'abandonner une pâte de fromages excellente en elle-même, et qui obtenait en Alsace, sur le versant oriental des anciennes chaumes, un crédit bien établi sur les places d'expédition. Il fallait tourner ses regards ailleurs. De tous côtés la question semblait bien difficile à résoudre. Le *statu quo* dura quelques années. Puis vint l'exposition universelle de 1878. Ce fut le comble de la honte, le coup de grâce donné à toutes les illusions, s'il en restait encore. Notre fromage y joua le rôle d'un véritable honteux qui déserte la place, quand il s'agit de paraître au nom du progrès. Toute la renommée de l'antique Gérômé était venue se fondre dans une douzaine de boîtes, étouffées sous mille autres produits d'excellent renom.

Ce fut un spectacle bien humiliant que celui-là. Un agriculteur intelligent, un vosgien dévoué à son pays, qui représentait le comice agricole de Remiremont, comme délégué à l'exposition, en fut frappé au cœur. Il poussa un cri d'alarme destiné à être entendu. Mais, soit amour de la routine, soit indifférence de la part de tous, rien n'a pu être changé. Il eût fallu le concours des expéditeurs, et malheureusement, ce concours à requérir avait été aliéné. C'est à cet homme que j'écris. Incapable de dissimuler ma pensée au bénéfice de mes intérêts particuliers, j'ai entrepris le gros œuvre de dire ce que je crois la vérité à notre pays, sur une situation douloureuse de laquelle dépend son bien-être et sa prospérité. Les contradictions ne me manqueront pas, je m'y attends. La lutte est l'apanage de ce monde. Mais au moins, si la division peut exister sur les moyens, l'unité est faite pour affirmer l'état malheureux dans lequel se débat l'agriculture dans nos régions. Parler en sa faveur est devenu une nécessité publique. Je l'ai fait presque sans y songer. Membre de la société française de l'industrie laitière, et rédacteur du journal qui lui sert d'organe, j'avais écrit, au courant de la plume, mes réflexions privées sur la question fromagère, tant de fois débattue dans les réunions commerciales. Je croyais mon rôle par là fini, lorsque m'arrivèrent, de bien des côtés, des sollicitations pressantes qui me priaient de livrer au public ces lettres uniquement connues des lecteurs du journal.

J'ai cédé aux instances, et me voici, à mon grand étonnement, devenu écrivain d'un sujet nouveau, encore peu exploré jusqu'à ce jour, faute de plume et d'encrier.

Je hasarde l'un et l'autre, avec la certitude de ne rien avoir adouci des couleurs du vrai.

Si quelques susceptibilités pouvaient se prendre à mes critiques, je leur cite d'avance le vieil adage, que *celui qui n'est pas galeux n'a pas à se gratter*. Je n'ai songé à personne en particulier. J'ai simplement mis à nu les défauts qui me sont apparus, et cela pour l'amour de chacun, et de mon pays.

Saulxures-sur-Moselotte, le 22 novembre 1881.

Louis COLIN.

LE MARCAIRE

———

Août 1880.

Monsieur,

Je viens de lire avec tout l'intérêt que m'inspire l'*Association fromagère vosgienne* votre dernière conférence aux cultivateurs de Vagney. Je suis heureux de saisir au vol cette occasion qui m'est donnée de vous louer de l'œuvre que vous avez entreprise et de la persévérance qui vous anime.

C'est assurément une noble tâche que de relever une industrie qui s'attarde dans la voie du progrès ; c'est aussi une noble pensée, bien digne d'un cœur généreux, que celle de mettre son temps et ses sollicitudes au service de ses semblables. Je suis de ceux qui savent vous apprécier, Monsieur, malgré la question du pot-au-feu, qui barricade aux négociants de notre vallée la route aboutissant aux hauteurs de Révillon. A ce titre, vous me permettrez bien de venir compléter et au besoin rectifier les considérations fort sensées du reste, que vous avez exposées à votre auditoire.

Dans tout commerce, trois intérêts sont en jeu : celui du producteur, celui du consommateur et celui de l'intermédiaire commercial entre l'un et l'autre. Or, en ce qui concerne le fromage, ces trois intérêts seront sauvegardés le jour où la fabrication restaurée n'offrira plus au négoce que des marchandises bien constituées et uniformément bonnes. C'est le but de l'association fromagère vosgienne et rien de mieux.

Mais si tous les esprits sont d'accord en principe avec vous, il en est qui trouveront très-discutable votre affection peut-être un peu exclusive pour le marcaire, en regard de l'expéditeur de nos montagnes. Vos protégés sont loin d'être des innocents et les marchands de mériter le discrédit que ceux-ci, pour laver leurs mains, essayent en vain de leur attribuer. Si nos fromages laissent à désirer, à qui la faute ? On répond : *aux marchands* : moi je réponds : *aux marcaires* tout d'abord, et je le prouverai.

Autrefois on parlait de mœurs patriarcales, de bonne foi, de gens simples, etc. C'était en ce temps-là. Alors on fabriquait consciencieusement, car l'esprit de rouerie calculée, mélange d'ignorance, de défiance et d'avarice sordide n'était pas venu prendre place aux foyers de nos chaumières.

Aujourd'hui tout est changé. La bonne foi traditionnelle est un peu à l'état de légende et sous les dehors rugueux et hâlés de certains montagnards se rencontre une coquinerie qui étonne parfois profondément. La fabrication pour eux est une étude de quantité. Produire du poids, voilà leur but, produire bon, peu leur importe. La bascule ne tient pas compte de ces délicatesses. Dites leur que la concurrence étrangère frappe à leur porte, que leurs intérêts sont en jeu, qu'en agissant de cette façon ils compromettent gravement leur avenir industriel, ils nous répondront peut-être un *oui* tout haut, mais dans le fond ne changeront pas un *iota* à leur manière d'agir. Plus ils fabriquent mal, plus quelques-uns d'entre eux sont exigeants et charlatans. C'est un indice infaillible qui témoigne de leur part un unique souci : celui de recevoir beaucoup d'argent sans alliage contre beaucoup de marchandise avortée. Pour les payer, il faudrait être faux-monnayeurs. La pareille leur serait rendue.

Ainsi, à mon humble avis, plaider exclusivement en leur faveur, serait détourner la question fromagère de son centre de gravité.

Il y a deux ans, lorsque j'entamai mes premières relations avec les marcaires, j'étais loin de soupçonner un tel état de choses. Absent de nos pays depuis vingt années, je croyais, grâce à des souvenirs anciens, y retrouver des âmes simples, accessibles aux conseils de la franchise, capables de saisir par un noble côté leurs véritables intérêts. C'était une profonde illusion. A la place de mes beaux rêves, je voyais poindre de jour en jour un scepticisme que je ne soupçonnais pas. Incapables de comprendre qu'un homme puisse être rond en affaires, ils secouent la tête à toutes mes communications. J'avoue que l'épreuve me fut souverainement pénible, et que, plus d'une fois, je souhaitai au diable mes fonctions d'instituteur de certains marcaires.

Un jour, une femme à laquelle je m'étais permis quelques observations bien méritées sur l'égouttage et la salaison de ses produits, m'adressa cette réponse, pleine d'une haute philosophie : qu'est-ce que cela vous fait, ce n'est pas vous qui les mangez ? Une autre qui avait l'habitude d'écrémer son lait, s'étant vantée de vendre ses produits au cours, insulta son marchand qui lui faisait subir une réduction de 10 francs par 100 kilog., puis elle alla vendre ses fromages chez un autre. C'est l'histoire de la bonne foi et du bon vouloir de certains fromagers.

En cet état, comment voulez vous, Monsieur, que chaque marchand, isolé de ses confrères, prenne sur lui de récompenser, par une différence sensible de prix, les marques des bons faiseurs. Le défaut d'union entre les expéditeurs et la rapacité aveugle du producteur qui veut imposer sa contrebande ou son ignorance, constituent une barrière infranchissable à toutes les bonnes volontés. Une prime donnée en secret, voilà tout ce que nous pouvons faire. Et le secret coûte; ils sont si vantards ! Du reste, les places d'expédition ne nous autorisent point à spécifier ainsi nos marchandises. Qu'elles soient de premier ordre, on invoque, contre le cours élevé de nos offres, le cours d'une marchandise vulgaire, bien inférieure à l'autre et qui fait loi sur les places. La spéculation commerciale le veut ainsi. Le nivelage des prix est un truc de négoce qui, grâce à l'égoïsme de chacun, tue la production par le défaut d'encouragement et d'émulation. La raison commerciale est un Dieu qui commande :

il lui faut des hécatombes, et le fromage est une de ces grandes victimes.

Pour en réformer sérieusement la fabrication, il faudrait ou établir une école fromagère, comme dans beaucoup d'autres pays, ou charger un millionnaire de devenir, par simple patriotisme, marchand de fromages. L'école fromagère ferait de nouveaux élèves en dehors de la routine, et des produits supérieurs dans le genre de ceux que vous désirez. D'autre part, le millionnaire, jaloux de servir son pays à l'aide de sacrifices personnels, consentirait à manger vingt ou trente mille francs par an, pour acheter les premiers produits à un taux élevé, dans le but de donner des ailes à la fabrication. A l'aspect de cette échelle d'or tendue entre ciel et terre, le marcaire sentirait ses entrailles profondément émues. On le verrait se cramponner éperdûment à ces échelons magiques, seuls capables de remuer les montagnes. Le levier est là uniquement, pas ailleurs.

C'est un peu le vôtre, Monsieur, je le sais. Néanmoins, j'ai peur que vos sacrifices et votre dévouement ne soient mal récompensés. Si vous comptez sur la reconnaissance de beaucoup de marcaires, détrompez-vous. Quand vous aurez fait tout pour eux, que vous vous serez ruiné à leur service, il en est qui se sentiront de l'esprit à vos dépens. Je tiens à ma connaissance l'histoire de plusieurs commerçants qui, au bout de quarante années de travaux et de sueurs. n'ont pas atteint une modeste aisance qu'ils auraient tant méritée, et cela pour avoir eu trop de faiblesse devant les exigences du marcaire. Eh bien, nul ne les a jamais plaints, nul n'a songé à leur porter le témoignage de leur estime et de leur considération. Quelle leçon pour nous autres, et quelle petite idée ne nous donne-t-elle pas de notre carrière commencée !

Pour peu que cela continue, le commerce de fromages deviendra impossible. C'est un métier de casse-cou, de risque-tout, de sauteur de corde. Pas un de ceux qui sont à la tâche ne se lèvera pour me contredire. Voici la situation telle qu'elle est, prise sur le vif.

Placé entre le producteur qui fait la sourde oreille à toutes les observations, et le consommateur, qui lui adresse les reproches mérités par le mauvais marcaire, le marchand est devenu une barre de fer, mise entre l'enclume et le marteau.

Si la hausse des cours menace quelque peu de se produire, ce n'est pas en sa faveur, croyez-le bien. L'habitant de nos montagnes, maître absolu de sa marchandise, se tient debout comme une sentinelle à sa porte, Il dit : *La hausse, c'est pour moi*. Dans cette conviction conservatrice, il regarde le marchand, qui peut-être *est son banquier depuis bien des mois*, à l'instar d'un valet accroupi à sa porte. Mais vienne une baisse, les rôles sont vite changés. Cette fois le marchand aura tous les honneurs. Pour se sauver d'une moins-value de 12 à 15 fr., le fromager commence à chanter au fond de son âme le *délivrez-nous, seigneur*. On le voit s'agiter, trottiner, l'oreille aux aguets ; puis d'un air doucereux, sans mot dire, il vous arrive un beau matin avec femme et enfants, vaches même, tous chargés. Un malheur vient de survenir : une légion de rats a envahi la cave, les fromages ne peuvent plus y tenir ; il les apporte. Ce qui, en bons termes, veut dire : j'ai une épine dans le pied, je viens la mettre dans le vôtre. Boitez à ma place, enflez, chargez-vous d'abcès, brûlez-vous au besoin pour me sauver. Si vous n'y consentez pas, si vous me rendez mon mal, je vous retire ma clientèle, et je vous insulte par dessus le marché. Un grand nombre se faisant le même raisonnement, il s'ensuit que nous autres, négociants, nous sommes les boucs émissaires chargés des péchés du peuple.

Je sais bien, Monsieur, que vous allez me dire que notre devoir est de résister. Mais comment refouler les eaux d'un torrent ? De même que nous avons le droit de nous passer de marchandises, quand la spéculation serait pour nous, de même aussi nous avons le droit d'en être écrasés quand la débacle arrive. C'esl le chef-d'œuvre de calcul et de générosité d'un grand nombre. Entre la hausse qui leur appartient par droit de conquête et la baisse qui nous est imposée par la raison du vaincu, il ne reste plus qu'un puits immense pour noyer l'expéditeur.

Je sais bien que vous allez me parler de régler ces marchandises selon la vente qui en sera faite. Mais oubliez-vous qu'il s'élèvera toujours dans nos rangs, sur quelque point de la vallée, un gros étourdi, il y en a beaucoup parmi nous, qui par esprit de concurrence et d'ambition, tiendra des prix déterminés, quand la vente vers la baisse s'accentuera de plus en plus ? C'en est assez pour jeter la perturbation dans le pays, car jamais fil télégraphique ne fut plus tendu que celui qui existe à travers nos montagnes, et la pile de Volta est en retard de 24 heures sur les dépêches qui font passer d'un marcaire à l'autre les moindres nouvelles. Tout est connu, tout se dit, tout se défigure. Le mensonge est en haut honneur ; c'est le grand Dieu de certains montagnards sur la question des fromages.

J'aurais bien d'autres considérations à vous exposer. Les pensées abondent sous ma plume. Elles trouveront place plus loin, au fur et à mesure que se dérouleront mes idées. Il y a cinquante ans, le commerce n'était qu'un jeu d'enfant en comparaison de ce qu'il est aujourd'hui. Les produits étaient bons, voire même excellents. Les habitants de nos montagnes les amenaient aux portes, sans forfanterie, ni bravade. Ils fabriquaient bien, ils ne mentaient pas, ils étaient trop honnêtes pour noyer le marchand à leur bénéfice. Aujourd'hui, cette haute simplicité de l'homme loyal est manifestement en décadence. La juiverie impitoyable s'est emparée d'un certain nombre, au point de les rendre très-contents d'eux-mêmes, quand ils ont bien dupé leur expéditeur. C'est une victoire.

Et cependant, à qui ont-ils recours quand les besoins d'argent se font sentir ? Ce n'est pas au banquier assurément. Le banquier a besoin de vivre, il tire des intérêts ; mais le marchand, lui, cet adversaire que l'on voudrait traîner sur la claie, doit pouvoir prêter pendant des années entières.

C'est lui qui fera les avances. Il payera la vache de Jacques et les cochons de Jean; puis, lorsque cent kilogs de fromages lui seraient nécessaires, Jacques et Jean qui lui redoivent, ne lui en donneront pas un. Ils le quitteront un beau matin et l'enverront promener le plus gaillardement du monde. O mœurs simples, o commerce adoré, o producteurs admirablement faits pour encourager les réformes dans la fabrication du Gérômé! Je vous donne le glorieux privilège de paralyser toutes les bonnes volontés et d'être la ruine de ceux qui travaillent consciencieusement et qui nous consolent de toutes vos maladresses égoïstes. Car, outre les marcaires sans amour propre, sans loyauté, sans patriotisme, se rencontrent de forts honorables exceptions auxquelles je tiens à rendre justice autant qu'elles le méritent. Ceux-là, Monsieur, sont les préférés du marchand consciencieux; je dis plus, ils sont les enfants gâtés. Quand il tient de la place quelques bonnes nouvelles, il est heureux de leur en faire la confidence; il met son plaisir à les voir, à les entretenir de leurs affaires, à leur parler de sa cave et de leurs produits; il les invite à sa table; ce sont les familiers, les amis de la maison,

C'est du moins, Monsieur, le sentiment que j'éprouve à leur égard, et je crois, pour l'avoir contemplé de mes yeux, que plusieurs de mes confrères en usent ainsi. Spectacle charmant qui unit dans un lien fraternel et doux les deux grandes forces du pays : le producteur et l'expéditeur. Vous vous rappelez, Monsieur, l'apologue de l'aveugle et du paralytique. Il y est raconté qu'un jour deux hommes se rencontrèrent; l'un portait deux lourdes béquilles et l'autre deux yeux privés de la lumière du jour. Isolés l'un de l'autre, ils étaient impuissants, mais ces deux faiblesses réunies devinrent une force : l'aveugle prit le boiteux sur son dos et celui-ci lui donna ses deux yeux en échange. Ils s'en allèrent gaillardement tous deux, et depuis lors, ils n'ont cessé de traverser à grands pas l'humanité.

Ainsi du bon marcaire et du bon marchand. Le marcaire est sans yeux, le marchand est infirme; mais viennent-ils à prendre le pas, ils font très-bien leur petit bonhomme de chemin. Les yeux du marcaire, c'est le marchand ; les jambes du marchand c'est le bon fromager ; la route à parcourir est celle du pain quotidien.

J'ai donc bien raison, monsieur, de m'arrêter avec complaisance sur cet homme parfaitement honorable qui avec les lumières de l'expéditeur intelligent et consciencieux, soutient jusqu'au delà des mers l'honneur de son pays que d'autres ne craignent pas de profaner. J'ai rencontré, chemin faisant, ces marcaires modèles. Intelligents dans leur simplicité, nobles dans leurs pensées, ils se sont fait de leur profession un devoir ; ils raisonnent sur les intérêts de leur pays avec un bon sens parfait qu'on ne rencontre pas toujours dans un esprit plus cultivé que le leur.

Eh bien, monsieur, faut-il vous dire ce que j'éprouve en pensant à eux ? Je les plains. Eux, si vigilants, si soigneux, si intelligents et si mal récompensés ! C'est une des douleurs du marchand qui a la conscience de sa mission au milieu de ses compatriotes. Il voudrait leur témoigner une récompense égale à leurs mérites, il ne le peut pas. Par une inéluctable situation, il est obligé de vendre au cours établi sur les places, les produits qu'il expédie avec la seule satisfaction de ne pas en avoir de reproches. La concurrence tue dans le destinataire de ces marchandises excellentes, le bon vouloir de les coter à un prix supérieur. Là est le grand, l'unique obstacle qui paralyse chez les négociants, la volonté de régénérer notre industrie par des ventes proportionnelles. Agir seul lui est impossible ; il lui faut le concours des places, et il ne l'a pas. Du reste, la mauvaise fabrication dépassant la bonne, les meilleurs produits sont fatalement englobés dans la masse et dépréciés par leur entourage.

Je m'arrête là, monsieur, et bien à regret. Mais la plume qui court trop vite et trop loin, fatigue peut-être le lecteur, et je le respecte assez pour ne pas vouloir en abuser. A demain le tour du marchand. De graves défauts sont à signaler chez quelques-uns ; je les ferai connaître pour l'honneur de la justice et de la vérité.

LE MARCHAND

— — —

Saulxures-sur-Moselotte, septembre 1880.

Je tiens parole, Monsieur, et reprenant le fil de mes pensées, j'arrive tout droit à la porte de mes confrères, les marchands. Ne m'accusez pas, je vous prie, de faire ici un mauvais métier. En citant à mon tribunal des personnes qui appartiennent à un corps dont je fais partie et dans lequel je compte d'excellents amis qui partagent mes idées, je ne fais que remplir le rôle d'enfant terrible.

Nouveau venu dans le commerce de fromages, je me sens la ridicule prétention de croire que mon titre de novice me met précisément à même de voir les défauts qui échappent, à la longue, aux praticiens de vieille habitude. Il en est d'une industrie comme de certains édifices, c'est au premier coup d'œil que les lignes brisées s'y révèlent. Le regard en est saisi, et d'un seul effort, il analyse, du faîte à la base, l'ensemble défectueux qui l'a frappé.

La physionomie que j'ai tracée des marcaires indique assez la situation faite au négociant. C'est une bien lourde tâche que de se comporter correctement, en face de cet immense réseau de forces réunies. Cent mauvais marcaires sur le dos d'un marchand. ! Pensez donc quel poids énorme, quelle servitude, que de tiraillements. Nul ne le sait sans en avoir fait l'expérience. C'est un véritable nid de frelons toujours en bourdonnement autour de ses oreilles.

Résister aux prétentions, refuter les mensonges, mettre un frein aux impatiences, déjouer les pièges tendus, éluder les prétextes, couper le fil aux vantardises, recevoir toujours gratis bien des grossièretés, et, par dessus tout, ramener à la raison comme à l'honnêteté des appétits en désordre, voilà la besogne qui incombe aux marchands de fromages. Besogne difficile qui exige une dose peu ordinaire de bon sens et de courage ; besogne impossible, si le marchand s'isole de ses confrères et agit dans la faiblesse de sa personnalité et de sa maison.

Or, que se pratique-t-il autour de nous ? Précisément le contraire de ce qui devrait existe. Il est vrai qu'à certaine époque de l'année, les commerçants de nos vallées tiennent gravement leurs assises à la foire de Vagney. On y vient du Tholy, de Julienrupt, de Rochesson, de Remiremont, de Saint-Amé, de Vagney, de Thiéfosse, de Saulxures, de Ventron, de Cornimont et de La Bresse. C'est le grand jour où les unités commerciales se rapprochent pour se donner le baiser de paix. Poignées de mains échangées, amitiés jurées, plaisirs mutuels, tout concourt à faire de ce rendez-vous le point de départ d'un mouvement salutaire au commerce des fromages. Des diverses correspondances reçues, des renseignements fournis, de l'état de choses, des récoltes et de la prospérité des finances, un prix moyen est établi, prix uniforme, résultant de la raison et de la sagesse communes. Puis, cela fait, tout le monde se dit au revoir, en faisant de bouche le *serment du Jeu de Paume*.

Nous voici au lendemain : chacun a retrouvé ses pénates, ses fromages et sa cave. Mais, hélas ! la nuit, paraît-il, est mauvaise conseillère : le serment est parti sur les aîles de la brise. Au lieu d'y rester fidèle, pour la santé du marcaire, du marchand et du consommateur, un étourneau (épargnons-lui le nom d'imbécile), montre le bout de l'oreille à l'horizon. Il a rêvé de faire un peu de réclame, d'expédier dix cadres de fromages de plus et de gagner mille francs... de moins. Ce coup de génie lui a tourné un peu la tête. On dit de lui que c'est un malin ; quelle gloire pour sa postérité ! Le voilà parti, comme Blondin, sur la corde raide où il doit exécuter ses tours de force. Un murmure se fait entendre, le marcaire s'agite, les montagnes sont en feu :

*la hausse arrive ici et la baisse va commencer là-bas sur nos
places.* C'en est fait : la grêle tombe sur la modeste moisson
et les marchands sont à l'eau. On décore cela du beau nom
de concurrence ; moi, je l'appelle l'assassinat du pays.

Si du moins les aventuriers, qui mettent en œuvre ces
partiques, en retiraient quelques bénéfices, on dirait d'eux
que, s'aimant par-dessus tout, ils calculent que cent deniers
dans leurs poches sont à rechercher, même au prix de la
ruine du monde. L'humanité renferme des phénomènes dont
la logique aboutit à de pareilles conclusions. Mais ici, rien
de pareil : en général, perte pour les confrères, qui sont
obligés de le suivre ; perte pour les marcaires, qui courent
à ses autels les yeux bandés ; perte pour lui-même enfin,
qui trouve son maître implacable et son châtiment dans le
consommateur. Et voilà le bilan de cette *haute étude acro-
batique*, qui, tous les ans, se pratique sur quelque point, en
dépit des fortes leçons de l'expérience et des catastrophes du
passé.

Le marcaire, aussi habile à comprendre nos désunions qu'à
les exploiter, ne manque jamais de jeter la ligne à l'eau
trouble. Il nous file comme un limier de police qui cherche
aventure, et ce durant, au lieu de nous unir pour déjouer
ses perquisitions, nous nous amusons gravement à nous
affaiblir en nous tendant des pièges. Quelle puérilité, et
comme quelques-uns d'entre nous méritent bien les
stigmates du ridicule et de l'humiliation ! Figurez-vous,
Monsieur, deux maisons voisines qui sont en flammes. Pendant que l'incendie, tourmenté par le vent, accomplit son
œuvre de destruction, que la charpente craque et menace
ruine, les deux propriétaires sont en train de se tricher
dans une partie de piquet.

Voilà l'histoire de certains marchands de fromages. Ces
considérations n'amènent naturellement à un autre côté
non moins important et que j'ai profondément à cœur.

Si le triste spectacle de ces aventures commerciales nous
est si fréquemment donné, c'est grâce à un système de

contrebande, qui est le plus coupable en cette affaire. Derrière ces manœuvres, il existe au agent secret, se prêtant admirablement aux caprices du maître. *Le bois lourd, voilà l'ennemi!* Le chevalier commercial dont nous venons de raconter les équipées succombe à la tentation des boîtes. Il veut essayer de cette pomme d'Eve qui en a tant perdus. Il arrive un moment où par un progrès rapide, il se trouve sur la frontière du bois et du fromage. Le bois finit par l'emporter. Alors nos marcaires, charmés des cours élevés qu'il leur offre, se sentent pris d'enthousiasme pour un homme qui tient si haut le drapeau de leurs intérêts. Ils le vantent, ils le louent, ils le proclament le sauveur de la saison. Il en est tout simplement la ruine. Dès que les bois lourds font apparition sur la place de Lyon, les appétits se ralentissent, aussi bien que les bourses: la vente de plus en plus molle, et bientôt les bouches, fatiguées de manger du bois pour du fromage, se tournent vers une autre production similaire, à meilleur marché.

J'ai vu, sur la place de Lyon, dans le cours de l'hiver dernier, un cadre de fromages arriver des environs de Remiremont. Contrairement aux prix de 90 francs les 100 kilog., qui avait été convenu, nos confrères avaient poussé une pointe jusqu'à 100 francs. Or, pendant que cette hausse empoisonnait nos vallées, et que nous, pauvres et modestes spéculateurs, nous traînions paisiblement le boulet, à cause d'eux, la place de Lyon était inondée de leurs envois et le cadre en question étalait ses 42 livres du 100 de bois. Messieurs, qui faites de ces chefs-d'œuvre, je vous en fais mon compliment. Vous êtes sur le chemin de la fortune; vous bâtirez des palais; mais sachez-le bien, le marcaire, le marchand sérieux et le pays n'auront jamais eu de pire ennemi que vous. Vous avantagez pour un jour le producteur, en trichant le consommateur; soyez sûr que la revanche reviendra. Le consommateur indigné vomira sur vos marchandises, et le marcaire descendra de son Thabor sur le calvaire; le tout pour vous et à cause de vous. Votre commerce est une balance toujours en mouvement dont les plats portent l'ambition d'un côté et de l'autre la ruine.

Outre cette première chute des cours que je viens de signaler, il en est une autre de non moindre importance. Favorisé par une vente avantageuse, le marcaire sent ses appétits grandir. A l'instar de l'alouette de Lafontaine, qui *bâtit un nid, pond, couve et fait éclore à la hâte,* il met tout en œuvre pour produire vite et beaucoup. Alors, semaine par semaine, on le voit descendre (lui si exigeant en temps ordinaire) avec sa marchandise que *personne ne réclame.* Il devance vos besoins, il déborde sur vous. Tout y passe, jusqu'aux pains du saloir qu'il arrache tout humides de leur forme. Il faut que la bête inconnue qui est bien loin derrière les montagnes engouffre tout cela, à haut prix, le plus vite possible. Mais la bête finit par être saturée de fruits mal mûrs. Repue de bois lourds et de fromages avortés, pleins du petit lait de la spéculation, elle accuse tout d'un coup une indigestion formidable. Le marcaire y fait la sourde oreille; il bourre et bourre encore ses produits, et le marchand se sentant sur la pente, n'a d'autre ressource que d'invoquer le sapin rédempteur. Par ses agissements, le marcaire produit fatalement les bois lourds aux heures critiques, et le marchand, ce casse-cou dont nous parlons, prend la même initiative, dès que les cours sont avantageux pour le bois. Double abus, engendré par deux coupables, bien dignes l'un et l'autre des coups de bâtons de la fortune, dont ils sont parfois gratifiés.

Si seulement ils en souffraient tout seuls ! Mais, hélas ! la solidarité qui unit les hommes entre eux ne prit jamais des liens plus étroits qu'entre les marchands de fromages. Le faux pas d'un seul les fait chanceler tous. Ce sauteur, ce gros malin, ce jaloux écervelé, ce brouillon qui, sans autorisation, sans mandat, sans raison que son aveugle cupidité, prend sur lui, sur sa conscience et son caprice, de bouleverser les cours établis par la sagesse de tous, est infiniment puissant pour la ruine de ses confrères, et il n'a pas un malheureux denier à leur restituer. Son extravagance coupable devient la loi de tous, sans qu'un seul d'entre eux y ait consenti. Où a-t-il pris ce droit de décider à lui seul d'un commerce et du sort d'une année? Qui lui a permis d'invoquer la foudre qui tue, et d'étendre la grêle sur les modestes moissons si péniblement élaborées par les expéditeurs sérieux, pleins de conscience et d'intelligence? On traîne au tribunal les incendiaires et les voleurs ; on bannit de la société ceux dont l'existence est un péril pour les voisins; on enferme les aliénés dans les quatre murs d'un hospice, et on laisse en liberté ce fléau commercial qui s'intitule marchand de fromages? Pourquoi donc le salut commun, auquel nous avons bien droit, n'a-t-il pas créé un de ces traités protecteurs et sauveurs qui mettent le bien de chacun de nous à l'abri de ces vautours qu'on ne rencontre nulle part? et faut-il que le régime commercial que nous subissons en gémissant soit assez déplorable, pour permettre à un seul sauteur de pousser à la ruine les sueurs, les travaux, les embarras de tous, dans un commerce si pénible qui nous tient enchaînés au travail, la nuit et le jour, comme des esclaves?

On objectera, Monsieur, que personne n'est obligé de suivre un confrère qui est sur la pente du précipice. En principe, c'est parfaitement vrai ; mais, dans la réalité, la chose est absolument impraticable. N'oubliez pas que le marcaire sait tout, exploite tout, et s'impose avec un acharnement incoyable pour le cours de ses marchandises. En apprenant que sur tel point de nos montagnes la hausse vient de se produire, il ne se possède plus. Soupçonneux par tempérament, incrédule, dès que ses intérêts sont en jeu, il s'en vient tout effaré trouver son expéditeur. Vingt, trente mauvais marcaires lui tombent snr le dos dans un jour. Ils annoncent triomphalement la hausse, et mettant le mensonge à leur service, citent les noms de cinq ou six négociants qui tiennent les nouveaux cours. Le fait est certain, indéniable. Il faut donc, bon gré malgré, emboîter le pas derrière eux ; sinon plus de fromages ;.... on les portera ailleurs, chez ceux qui entendent leurs avantages et sont plus dévoués à leur bien-être.

Que fait le malheureux expéditeur en pareille occurence ? Il résiste jusqu'au bout, puis, fatigué d'entendre les reproches, les grossièretés, les menaces, il sent défaillir son courage. Après tout, se dit-il, il est possible que ce soit vrai. Si je ne monte pas, mes pratiques s'en iront; et si je monte, peut-être qu'une reprise de la consommation est imminente. Du reste, il se sent isolé pour la résistance. Ses voisins restent chacun chez soi; les consulter serait indiscret, et puis, lui diraient-ils la vérité, au cas où ils seraient délinquants ? Finalement, il capitule, et ce n'est qu'après l'orage soulevé par les marcaires, derrière ce nuage de mensonges et de ruse, que la vérité se dégage pure et nette : un seul étourneau, par de secrètes manœuvres, avait produit tout ce bouleversement. La bourrasque est passée, mais les victimes restent souvent meurtries et désespérées.

Un état de choses aussi douloureux ne peut manquer d'engendrer un malaise profond. Aussi entendons-nous tous les jours les plaintes les plus amères se formuler. Que de fois le marchand de fromages a-t-il fait entendre des lamentations sur son commerce ! L'un perd, dans six mois, les travaux de plusieurs années; un autre, à bout de finances, quitte les affaires ; un autre, enfin, se déclare en banqueroute et laisse le découragement au milieu de ses confrères. Que de sinistres pages, que de cruelles catastrophes à enregistrer depuis vingt ans ! Et tout cela, grâce à cet exécrable système du *libre faire* laissé à chacun, système qui n'est pas la liberté, mais la licence, qui tue, au service de l'ambition et de la sottise.

Il y a quelques années, sentant le besoin d'apporter un remède énergique à ce dévergondage commercial, un certain nombre de négociants se réunirent pour se demander ce qu'il convenait de faire. Il fut entendu, de guerre lasse, qu'un traité de paix serait établi entre les expéditeurs, et que des articles ayant force de loi pour chacun seraient rédigés d'un commun accord, pour mettre un frein aux incartades du passé. Ce fut l'époque du *syndicat*. Rien de mieux, de plus sage, de plus réparateur, ne pouvait être institué. Avec ce concordat tombaient tous les dangers, toutes les vieilles aberrations, tous les abus. Le commerce reprenait une voie normale, un essor tranquille et pacifique pour le bien de tous, aussi bien du marcaire que du marchand. Eh bien, le croiriez-vous, il se rencontra des faux-frères. Deux ans s'étaient à peine écoulés que par dessous main, à l'encontre des conventions faites et des serments donnés, des fraudes manifestes furent reconnues de la part de certains des plus haut placés. L'habitude de *carotter* son voisin n'avait pu mourir. Pendant que tout le monde jouis-des bienfaits du syndicat, un orage éclata tout-à-coup. Des plaintes furent formulés et des flagrants délits constatés. On se contenta de résilier ses engagements, et chacun reprenant le chemin de sa demeure, l'innocent comme le coupable, les vieilles coutumes reprirent le dessus, avec les vieux désordres et tous les malheurs qui les accompagnent. Le syndicat était à terre, grâce aux menées de quelques sauteurs commerciaux, plus dignes du pilori que des honneurs du commerce.

Depuis lors, les plaintes se sont fait entendre à nouveau ; les affaires sont en souffrance, et, de toutes parts, chacun maudit l'étoile qui l'a fait naître marchand de fromages.

J'aurais, Monsieur, bien d'autres considérations à faire, mais ne voulant pas jouer plus longtemps le rôle de père Fouettard à l'égard de mes collègues, j'arrive d'un bond au terme de cette lettre, en résumant le fond de ma pensée.

De tout ce que je viens dire, il est facile de tirer la conclusion que, si les marcaires sont devenus omnipotents sur les expéditeurs, c'est évidemment que ceux-ci sont absolument faibles, par les divisions qui règnent entre eux. Marcaires unis, marchands divisés, commerce impossible! L'union, voilà le seul sauveur de la situation qui est la nôtre, le

seul remède à tant de maux qui nous dévorent! Avec l'union
nous aurons ces cours réguliers que vous prêchez dans votre
Association fromagère : bien plus, nous serons infiniment
plus forts pour réformer, avec une impitoyable sévérité, cette
fabrication défectueuse que nos conseils individuels sont
impuissants à modifier. Le mauvais marquaire, pris dans
ses filets, deviendra aussi poltron qu'il est arrogant, et nous
arriverons bien vite à la hauteur du progrès, qui doit être le
but de tous les efforts.

Une autre fois, Monsieur, je dirai son fait à la *Commission
de Lyon*. Pour le quart-d'heure, je me borne à courir aux
extrémités de ma pensée, qui nous conduirait, l'un et l'autre,
trop longtemps et trop loin.

Veuillez agréez, Monsieur, l'hommage de mes meilleurs
sentiments.

LA COMMISSION DE LYON

Saulxures–sur–Moselotte, septembre 1880.

Monsieur,

Avant d'aborder le gros chapitre de la commission de Lyon, comme je vous l'ai promis, j'éprouve le besoin de faire un petit retour sur ma précédente lettre.

Le marchand, dont j'ai mis vigoureusement à nu les travers, mérite, par certain côté, des éloges égaux au blâme qui lui a été infligé. A côté de l'étourdi qui jette le trouble dans les affaires, il y a l'homme sensé, le praticien honnête qui, plein de respect pour ses semblables et pour lui-même, opère quand il le peut, pour le grand bien de tous. Celui-là, c'est l'homme de mérite par excellence. Permettez-moi de lui dresser une petite statue, avant de faire ma descente sur les bords du Rhône.

Avez-vous jamais bien réfléchi, Monsieur, aux services que rend à son pays un expéditeur intelligent et consciencieux ? Je vous avoue que je me sens pris d'une sincère admiration pour lui. Son rôle social me parait des plus élevés, et sa vie entière un bienfait petitement récompensé par le public qui le reçoit.

Ecouler une marchandise aussi délicate que le fromage, lui trouver de nouvelles issues, entreprendre de longs voyages pour sauver une expédition avariée où il perd de fortes sommes, n'est qu'un tout petit abrégé de la mission qu'il accomplit. C'est le très-humble serviteur des marcaires, leur valet, parfois leur esclave ; et néanmoins, dites-le moi, n'est-il pas bien supérieur à beaucoup d'entre eux ? En effet, tandis que ceux-ci, retirés dans les montagnes, ne savent rien de ce qui se passe ici-bas, l'expéditeur a constamment, par état et par devoir, l'œil fixé sur le vaste horizon de la France. Bien plus, il traverse les mers, et son intelligence, comme un nouveau Christophe Colomb, y découvre de nouveaux mondes pour l'écoulement de nos produits. Les routes s'ouvrent, les villes se rapprochent, les flots se fendent, et tout cela au bénéfice des habitants des montagnes.

Le mauvais marcaire a-t-il jamais compris ce travail immense de l'expéditeur? y a-t-il réfléchi une seule fois sérieusement? Evidemment non. Egoïste parfait, il ne s'inquiète de rien en dehors de sa personne satisfaite ; ignorant et plein de courtes vues, il ne soupçonne rien de ce qui se passe au dehors. Sa préoccupation unique est d'exploiter le plus qu'il peut son marchand, qui travaille nuit et jour pour lui et ne craint pas, afin de trouver de nouvelles bouches à la consommation de ses fromages, de dépenser en voyages les sueurs de plusieurs mois et peut-être d'une année.

Voilà, Monsieur, une mission dont vous ne pouvez nier la beauté. Moi, je l'appelle vraiment admirable. Toutes les fois que j'y arrête ma pensée, il me semble entendre s'élever, du fond des gorges comme du sein du nos vallées, un grand nombre de voix campagnardes, et ces voix disent à l'expéditeur : Nous sommes ignorants, ayez de l'intelligence pour nous tous ; nous sommes défiants, exposez-vous à notre place ; nous méritons des reproches, recevez-les pour nous ; nous ne voulons rien mettre en péril, risquez tout pour nous, votre fortune, votre vie, votre repos, vos enfants et votre avenir ; enfin, nous sommes pauvres, riches peut-être, et malgré cela, soyez notre banquier, pour l'amour de Dieu, notre bourse toujours ouverte, notre refuge, la sentinelle responsable de notre or, notre homme propre à tout, disposé à tout, à vivre et à mourir à la tâche pour nous.

Voilà, Monsieur, la vérité toute nue. Ces voix, les mauvais marcaires ne les font pas entendre ; mais, dans la pratique, ils jouent absolument ce rôle vis-à-vis du marchand, et, bien loin de l'apprécier à sa juste valeur, ils le regardent comme un vil mercenaire attaché à leur service ; au lieu de lui témoigner la reconnaissance qu'ils lui doivent, ils osent tenter de lui disputer effrontément le misérable morceau de pain qu'il mange à la sueur de son front. J'en ai vu s'indigner qu'on pût gagner, bénéfice brut, trois francs par cent kilos de marchandises, rabaissant ainsi, au niveau de celui du chiffonnier et du manœuvre vulgaire, le travail d'un expéditeur qui représente les intérêts de son pays et qui résume, dans sa personne, leur intelligence, leur responsabilité, et un capital de tribulations et de soucis qu'ils n'ont pas.

En vérité, c'est faire trop de mépris de l'intelligence humaine !

Je devais cet hommage public à plusieurs de mes honorables confrères qui en sont parfaitement dignes. J'ai dit aux autres ce que je pensais d'eux ; ma franchise est hors de reproche : les bons et les mauvais, tant marchands que marcaires, ont reçu leur récompense.

Passons à la commission de Lyon. Nous voici arrivés à un autre ordre d'idées et devant d'autres anomalies. Jusqu'ici, je suis demeuré chez le producteur, cette fois je descends sur la place où le fromage arrive, et vous m'y suivrez, Monsieur, pour constater avec moi quelles en sont les défectuosités.

Lyon est la plus grande capitale du Gérômé. On l'appelle ici le gouffre, pour qualifier l'étendue de sa consommation. Il est aussi la grande porte ouverte sur le midi de la France. De ses mamelles nourricières jaillissent, aussi impétueux que les eaux du Rhône, ces courants du lait de nos montagnes qui se répandent des Alpes aux Pyrénées.

En raison de cette importance, Lyon domine pour les cours. Quand il baisse, le baromètre descend aussi sur les autres places, point capital pour nous. Or, il est à regretter profondément que notre expédition, si délicate d'ailleurs, soit frappée d'un défaut radical sur le boulevard même où elle se produit. Empoisonnée dans sa source, elle ne peut que languir aux extrémités qu'elle doit atteindre. C'est ce qui a lieu, au grand désespoir des expéditeurs.

La commission de Lyon ne devrait plus exister depuis longtemps. Toute chose vit et meurt ici-bas, et ce n'est pas moi qui travaillerai à lui créer une immortalité. Elle a fait du bien, et sans le vouloir beaucoup de mal. Ce sera l'oraison funèbre qui lui sera faite le jour où, obligés de s'élever jusqu'aux honneurs de l'achat, nos honorables correspondants de la place prendront le premier rang dans le commerce du Géromé. Pour le quart d'heure, elle vit, et nous donne droit à faire son examen de conscience.

Tout d'abord, il est étrange, profondément étrange, qu'un homme dans le commerce se trouve obligé d'acheter et de ne pas vendre. Evidemment, c'est une situation fausse qui jure avec la logique et le bon sens. La vente doit offrir les mêmes avantages que l'achat, sinon le commerce est un engrenage qui étrangle le commerçant entre le producteur qui s'impose et le placeur qui s'impose à son tour.

Quelle spéculation voulez-vous qu'il puisse y avoir pour un expéditeur qui n'est pas guidé par les offres de vente pour ses achats? Il ne sait ce qu'il fait en achetant, puisque le fil conducteur de la vente appartient au hasard du temps et des appétits. Placé de cette façon, il ne court qu'une seule chance, celle d'être écrasé. Pour acheter, il faut connaître la vente ou la soupçonner; là est le secret du commerce. *Or, ne jamais savoir les cours de vente, c'est tout le secret de la commission.* C'est tout simplement un énorme contre sens. Ne vous en déplaise, Messieurs de Lyon !

Il est vrai que, tous les ans, quelques-uns d'entre vous prennent le soin de nous exposer la situation telle qu'elle s'offre. Dernièrement la maison Bianchini et Henri a pris la très-heureuse initiative de donner officiellement les cours hebdomadaires par la voie du journal. C'est une excellente inspiration, digne de la première maison de commission. Mais à côté de ceux-là, et bien loin derrière eux, combien d'autres ne vous disent mot! Ils vous adressent, aux heures critiques, des cours de fantaisie, très alléchants pour nous, et dans l'espace qui sépare l'expédition de la vente, la fantaisie devient une réalité décevante, où nous sommes toujours dupes. Ceci est de la simple histoire. Je sais le fait de quatre cadres expédiés au moment où la baisse allait se produire. Comme nos bons commissionnaires n'ont rien de plus à cœur que les eaux troubles de la fin, c'est au penchant des abîmes que celui-ci commençait la réclame. A l'instar du serpent qui, blotti le bord des fleuves de l'Amérique, attire d'un regard fascinateur l'oiseau des montagnes, il faisait miroiter des cours avantageux ; bref, le négociant s'y laissa prendre. Quatre cadres partirent, emportant avec eux bien des espérances. Huit jours s'écoulèrent et les fromages voyageaient toujours. Or, quarante-huit heures après le départ, une première lettre arrivait, puis une seconde, puis une troisième, annonçant par gradation une catastrophe nouvelle absolument comme les amis de Job, si bien qu'au débarquement des marchandises, les cours avaient subi une baisse de 20 fr. par 100 kilos. Notre homme en fut bel et bien pour 1165 fr. de perte sur ses 4 cadres. C'était un joli choc en retour, ce qui n'empêchait pas certains marcaires de le poursuivre pour avoir le haut cours et l'exploiter d'un autre côté. Oh ! le beau métier que celui-là !

Ces considérations nous amènent à d'autres plus importantes encore. Un des graves défauts de l'expédition, le plus grave peut-être, consiste à pousser la marchandise de manière a la faire déborder sur la consommation. Il est évident que moins la place est chargée, plus les cours ont de régularité et de tenue. Tant que la consommation sera au niveau des arrivages, la vente sera bonne, régulière, sans soubresaut ; mais, vienne une bordée de marchandises, le commissionnaire embarrassé commence à baisser pour vendre. C'est la débâcle qui tous les ans se produit chez nos bons Lyonnais. A qui la faute ? Ne m'en voulez pas, Messieurs les commissionnaires, si j'affirme que c'est à certains d'entre vous. Là se trouve précisément le

gros reproche que j'ai à vous faire. C'est votre péché capital
qui est la source de tous les autres. Ecoutez bien ceci :

Dès que la vente est facile, que la marchandise est courue,
vous faites sonner toutes vos trompettes. Demandes sur
demandes nous arrivent de toutes parts. Il faudrait disposer
de dix cadres par jour pour satisfaire les appétits lyonnais
et combler vos désirs. Pendant un mois et plus, les expéditions
prennent le caractère d'une fièvre qui touche au délire. Ce
n'est pas 150 cadres qui se comptent à la Croix-Rousse dans
une semaine. Puis un moment arrive, la vente est moins
ardente, bien que les cours se maintiennent encore : vous,
vous demandez toujours. Peu vous importe la qualité des
arrivages, vous aurez vos 4 % dans l'affaire. Enfin, la bête
est repue et vos magasins sont pleins. Pous les vider, vous
invoquez la baisse à votre service. C'est un sauve qui peut
général. Nos marchandises, surprises dans la souricière,
attendent des semaines et des semaines encore, une misérable
délivrance. Elles se détériorent en vieillissant, et quelquefois
le soleil du printemps vient illuminer ces cercueils à moitié
vides, où sont ensevelies nos sueurs de toute une année.
Messieurs, je vous le demande, agiriez-vous ainsi si vous étiez
acheteurs ? Quand vous pressez l'expédition, ne songez-vous
pas que, derrière vos bénéfices qui s'accumulent par le nombre,
se creusent les abîmes où vient sombrer notre fortune ? Vos
chiffres d'addition sont en raison inverse des nôtres : plus
nous perdons, plus vous capitalisez. Vous trônez sur nos
tombes.

Ah ! si vous étiez acheteurs, si les risques du métier
menaçaient votre propre fortune, vous perdriez un peu de
cette imprudence que vous nous laissez pour compte.
Obligés de mesurer vos achats sur les probabilités de la
vente, vous n'appelleriez pas ainsi sur vous-mêmes les
foudres que vous attirez sur nos têtes ; vous auriez, comme
soupape de sûreté, votre propre peau, et toute la question
est là. Vous le sentez si bien que, pour rien au monde,
vous ne voulez changer votre position. Il fait bon, en

effet, se trouver dans un lit bien chaud, quand la pluie
tombe et que le vent souffle au dehors. Quel plaisir alors
d'entendre pétiller le feu dans l'âtre !..... Un fauteuil,
une cheminée flambante font oublier l'orage qui abime
nos récoltes. Pour ma part, je suis de votre avis; vous
tenez le bon bout, et quand nous serons noyés, tirez
vos rideaux et dormez toujours.

Ce n'est pas tout. En faisant, dans ma précédente lettre,
la peinture fidèle de ces aventuriers qui, sans motif, font
la hausse des cours, et gaspillent ainsi une année de
travail, je n'ai pas tout dit. Je me réservais le mot de
la fin pour cette place même où j'écris. J'aurais dû, pour
être complet, ajouter que l'origine du mal vient de Lyon,
et rien que de là.

Depuis quelques années, les grands expéditeurs se détour-
nent de la place de plus en plus. Les nouveaux débouchés
survenus les dispensent de la commission, et il est tous
naturel qu'ils préfèrent vendre à petits bénéfices que de
livrer leurs fromages au caprice du temps et des hommes.
La commission l'a si bien senti qu'elle cherche les petits
expéditeurs pour en recevoir les marchandises. Dans ce
but, elle leur offre des avantages brillants, plus brillants
en apparence que ceux de la vente, afin de les déterminer
à choisir leur entremise. Pendant ce temps, que font les
petits expéditeurs en question? Stimulés par les cours
qu'on leur envoie, et n'ayant pas la marchandise pour
suffire aux demandes, ils font le tour des montagnes et
vont acheter, en haussant les prix pour obtenir. C'en est
assez : voilà les 500 renards de Samson qui sont lâchés
dans les champs des Philistins.

A vous ces brillants exploits, Messieurs! Qui donc vous
coupera les cheveux ?....... Il méritera de son pays une
gloire mémorable et la reconnaissance publique pourra
lui dresser une statue.

Patience! je ne suis pas au bout de mes reproches.
Beaucoup reste à dire sur les trop grandes facilités de

métier de commissionnaire. Placé à distance de ses expéditeurs, sans surveillant, sans contrôleur assermenté, il lui est parfaitement facile, à l'époque des baisses, d'envoyer des lettres de vente un mois après l'écoulement des marchandises. Tel cadre ou tel autre sont vendus à bon prix; mais l'expéditeur, qui n'a pas de lunettes d'approche pour s'en assurer, n'a qu'à s'agenouiller et faire un profond acte de foi quand sa correspondance lui annonce le travail laborieux de cette vente prolongée. Les fromages ont souffert de la chaleur; ils ont été gelés par le froid, les boîtes sont piquées, etc., etc., etc. Ils ont un autre grand, plus grand malheur : celui d'être déjà mangés par le consommateur, et finalement d'enrichir le commissionnaire aux dépens de l'expéditeur. On appelle cela le coup de Bourse de la Baisse.

Si du moins, les procédés étaient les mêmes pour la hausse! Mais ici règnent de nouveaux mystères. Je sais tel cadre vendu à 105 fr. et compté à 96 sur la lettre de vente. Tout cela est véritablement merveilleux. Plus on y réfléchit, plus on y rencontre de profondeur. Je vous le dis : l'inventeur de la commission avait du génie.

Nous autres simples négociants, qui avons la détestable habitude d'acheter nos marchandises, nous ne sommes que des niais à côté de nos bons Lyonnais. Il serait temps d'apprendre d'eux le secret de la fortune que nous poursuivons depuis si longtemps sans jamais l'atteindre. Oui, mettons-nous-y. Le moyen est des plus simples; voici ma proposition :

Beaucoup d'entre nous vendent au détail et sur place, soit de l'épicerie, soit de la salaison : le lard, le saindoux, les harengs, toutes sortes de denrées que nos honorables correspondants tiennent à côté du fromage dans leurs magasins. Eh bien! en récompense des services qu'ils nous rendent et de l'argent qu'ils nous font gagner, constituons-nous à notre tour commissionnaires à leur égard. Nous leur placerons du lard moyennant 8 francs par 100 kilos et du saindoux un peu meilleur marché; ceçi, bien entendu, en tenant compte du déchet subi par la marchandise dans le voyage de Lyon jusqu'à nos montagnes : soit 40 kilos sur mille, comme pour chaque cadre que nous leur expédions. En admettant que nos Vosgiens se ralentissent ou s'animent du côté de la consommation, nous ferions la hausse et la baisse, un beau matin, en mangeant notre soupe au lard. Ce serait charmant! Puis, quand le soleil ou la pluie s'aviserait de nous contrarier, nous prendrions notre temps pour envoyer nos comptes de vente. Le lard est si délicat, et les rats sont si voleurs! Le saindoux est si exposé à fondre, et les fûts si mal cerclés! Les vers même seraient encore dans le cas de s'y mettre. Deux mois, trois mois, ne seraient pas de trop pour l'écoulement de ces marchandises, que notre soleil des Vosges aurait eu l'audace d'endommager pour le compte des Lyonnais, qui ne lui redoivent pas un malheureux denier, puisqu'ils se chauffent au soleil du Rhône.

Comme nous avons été simples de ne pas avoir découvert cela plus tôt ! Au lieu de suer sang et eau, et de chicaner nos amis de Lyon, qui sont plus adroits que nous tous, nous jouirions en paix de beaux bénéfices, et l'on nous entendrait chanter sur tous les tons les magnifiques, les incomparables bienfaits de la commission.

Si vous en êtes d'avis, Messieurs les négociants, je m'empresserai d'en adresser la demande signée de tous. Nos charmants vendeurs, désireux de nous faire partager les secrets de leur métier et de nous témoigner leur reconnaissance, s'empresseront de nous accueillir, et vous verrez les bandes de lard, les tonnes de harengs, les queues de morue, inonder nos gares et nos maisons.

Ils feront cela, oui, n'en doutez pas. Ce serait un crime de penser autrement. De cette façon, tout ira pour le mieux; ils nous rendront, sur l'épicerie et les graisses, ce qu'ils nous gagnent sur les fromages.

C'est là le remède unique. Il est radical et sans réplique.

Je m'arrête là, Monsieur, en me bornant à rappeler, à titre de conclusion, une parole échappée naguère à la femme d'un commissionnaire. Une petite conversation ayant eu lieu relativement au sujet qui nous occupe ici, elle répondit à l'expéditeur qui avait entamé la question, cette parole profonde :

« *La Commission !*... Mais ce n'est qu'un mot ! » Un mot, oui, mais un mot qui couvre tout.

Plaignez donc, Monsieur, le marchand, au lieu de le signaler au marcaire comme pouvant être préjudiciable à ses intérêts.

C'est tout ce que je voulais vous dire, en vous priant d'agréer, l'hommage de mes sentiments bien dévoués.

LE MARCAIRE RESPONSABLE

Monsieur ,

Arrivé à ce point du travail que j'ai entrepris , il semblerait que ma tâche est accomplie. Le mauvais marcaire, l'expéditeur indigne, la commission de Lyon, tout a passé par les fourches caudines d'une critique impartiale et sans détour. J'y ai gagné quelques hostilités irréfléchies, et l'on a cru devoir m'inviter, dès le début, à mettre bas les armes. Peine inutile ! Un bon soldat qui soutient une noble cause ne sait pas prendre le chemin de la retraite. J'irai de l'avant, avec la devise de nos anciens preux, qui, forts de leur amour pour la patrie, inscrivaient jadis sur leur étendart de guerre ce vieux cri de la bravoure française : le courage grandit avec la blessure : *crescit vulnere virtus.*

Je veux dire un mot en passant de la place de Paris. On y reproche à quelques-uns de nos honorables acheteurs une trop grande facilité à transgresser les conventions établies. Tel voudrait se dérober à la baisse pour la remettre charitablement au compte de l'expéditeur : tel autre nous faire payer le soleil qui vient à contre-temps caresser nos marchandises en route et jusqu'au fond de ses caves; un troisième niveler, au cours de la marchandise vulgaire, les produits supérieurs qui lui sont adressés; un dernier enfin rabattre en sa faveur le poids de nos cadres largement pesés. Mais à part cette tendance par trop naturelle à éluder les déboires de notre profession, je tiens à donner à la place de Paris un bon point en face de la commission de Lyon. Les négociants sont nos associés, nos confrères, nos in-

dispensables correspondants. Ils partagent les risques de
notre périlleux métier : *ils sont responsables.*

Placés à distance, dans le milieu le plus cultivé du monde
et le plus difficile à servir, ils sentent, autant qu'il le faut,
les ennuis d'une marchandise défectueuse du côté de la
fabrication. Leurs plaintes en sont le fidèle témoignage,
et souvent il nous est donné de recueillir, à travers leurs
correspondances, l'écho des milliers de bouches qu'ils sont
chargés de convier pour nous à la table du Vieux Gérômé.

Ce durant, le grand coupable dont ils portent les fautes
avec nous ne fait rien, ne risque rien, ne supporte rien.
Une fois délivré de ses produits, le mauvais marcaire,
content de lui-même, pousse un soupir de profonde satisfaction, compte son bon et bel argent, puis s'endort
tranquille au fond des montagnes.

Le voilà heureux! Les vers qu'il a pris tant de soins
à couvrir et qu'il a eu la bonne précaution d'amener à
la dérobée, sur le déclin du jour, sont bien pesés dans
la balance du marchand qui n'y a rien vu; le cumin dans
lequel il a roulé ses fromages pour laisser croire qu'ils
sont anisés, est grassement rentré dans sa bourse; le petit
lait, qu'il a savamment emprisonné dans la caséine, a fait
éclore de belles pièces d'or dans sa main. Périsse le monde,
il vit! Ses fromages vont passer de l'autre côté des montagnes, il ne les verra plus, il en est débarrassé. Ils peuvent
courir les espaces, fourmiller ou couler dans leurs boîtes,
ruiner l'expéditeur et le destinataire, empoisonner le consommateur et discréditer le pays. Peu lui importent, Paris,
Marseille, les villes, les négociants, les épiciers et le monde;
sa peau est à l'abri et sa bourse en sécurité. Le genre
humain doit être fortuné, puisque lui se sent heureux.

Il serait temps qu'enfin un tel état de choses eût son
terme. On parle depuis longtemps déjà de réformer la
fabrication du Gérômé, surtout dans la basse montagne
où se rencontrent particulièrement les mauvais marcaires.

Chacun propose son boniment, son remède, et voilà que depuis quinze ans certains producteurs se déclarent incorrigibles. La routine sera le dernier dieu de leurs foyers. C'est qu'évidemment le remède sensible pour eux n'est pas encore trouvé. Le découvrir, voilà toute la question.

L'argent, dit-on, est le nerf de la guerre. Je suis de ceux qui n'ont jamais contredit à ce proverbe dicté par la sagesse des nations. Chez certains marcaires, c'est le démon qui endiable leurs fromages. Tout pour l'argent, le petit lait, le manque de soins, l'anis superficiel et d'autres expédients. Comme conclusion de ce fait, quelques-uns ont pensé que le remède souverain à appliquer serait d'établir des prix différents, selon la valeur de la marchandise. L'idée est très-raisonnable en théorie; le bon sens l'indique au premier chef, et tout le monde y est consentant.

Ce fut la mienne quand je débutai dans le commerce de fromages; aujourd'hui ce ne l'est plus, et voici pourquoi. Dès qu'il s'agit d'apprécier la fabrication, la logique et le bon sens se trouvent immédiatement aux abois. Tout marcaire, le mauvais surtout, entendez-le bien, affirme la qualité supérieure de ses produits. Il est sans défaut, sa marchandise mérite le haut prix, et si la couleur ou le goût laissent quelque peu à désirer, la cave, la scélérate cave en est uniquement la cause. Mais le fromage est bon, il est excellent, et la preuve irréfutable et sans réplique, c'est qu'il le trouve tel. Il n'a pas besoin de tribunal pour en décider. Contrairement à toutes les habitudes légales créées par la sagesse des hommes pour les jugements à rendre, il est à la fois son juge, son témoin et son avocat. Il n'entend pas que le marchand qui est responsable, lui, devant le consommateur, puisse se permettre ni une observation, ni une remontrance. Il n'en a pas le droit ni la capacité. Lui dire que ses produits doivent s'améliorer, quelle inconvenance! Lui donner quelques conseils et au besoin remonter son horloge, quelle outrecuidance! Il en sait plus que le chimiste le plus expérimenté et que les millions de bouches qui dégustent le Gérômé. Il y a une éternité qu'il entend son affaire ; il fabrique des fromages depuis les dernières années de son arrière grand-père.

Chacun tenant le même propos, il vous est facile de conclure, Monsieur, que le bas cours, le cours moyen, le haut cours que réclament depuis longtemps déjà un grand nombre de nos excellents fromagers de la haute montagne, ne sont guère qu'une illusion et un rêve ; fatalement ils se résument en un seul sur toute la ligne : le haut cours pour tous. Ceci est de la dernière évidence. Pour établir des prix différents, il faut pouvoir juger d'une marchandise. Or le marcaire ne reconnaît pas cette qualité dans l'expéditeur ; donc celui-ci ne peut, extérieurement du moins, établir aucune différence. Dès le jour où il prendrait cette liberté pleine de justice, il tomberait sous le discrédit du public fromager et n'aurait plus assez de clients pour pouvoir gagner son humble pain quotidien. Comme alors la prime secrète me paraît bien inventée ! Du reste, Monsieur, les sollicitudes commerciales de nos destinataires sont loin de nous permettre de semblables pratiques. Ceux-ci exigent de bons produits, il est vrai, mais ils ne font aucune différence qui puisse en encourager la fabrication. La prime est encore une gratification qui ne rentre presque jamais dans la poche de l'expéditeur. Un silence de glace, voilà ce dont est capable la générosité du destinataire. Aussi longtemps que durera un pareil état de choses, la diversité des cours est impossible. Le premier mouvement doit partir du côté du consommateur avec l'union des marchands les plus rapprochés. Là est le point de la question.

Ce premier point acquis, veuillez me suivre, Monsieur, et diriger avec moi nos investigations sur un autre terrain.

Derrière le marcaire et plus loin que le marchand, se trouve le consommateur. Celui-ci a bien le droit d'être juge et nul ne peut le lui refuser. Or c'est précisément ici sur les grandes places, dans les centres populeux de la consommation que je voudrais voir convié l'habitant des montagnes. Bon gré, malgré, il faut que le marcaire passe par là Il ne peut éluder celui qui mange ses produits : c'est son grand et dernier juge.

Cela étant, le jour où il se trouverait seul face à face avec le consommateur, chargé de la responsabilité de ses fromages, la question qui nous occupe en ce moment aurait fait un grand pas. Ce qui rend le paysan si insouciant et si routinier, c'est qu'il n'a jamais porté la responsabilité de ses produits, et que nous, négociants, nous l'avons toujours portée pour lui. Mais vienne l'heure où, par un commun accord entre les expéditeurs, les fromages voyageraient à ses risques et périls, avec une marque, un simple chiffre de convention qui le ferait reconnaître, vous verriez alors chaque fromager perdre de sa contenance et prendre sollicitude à sa fabrication.

Le bon, stimulé par la pensée que ses produits ne sont plus ensevelis dans la foule, pour lui donner, sous l'anonyme, droit de passage et de considération, redoublerait de bonne volonté et d'efforts. Il sentirait derrière lui, pour l'encourager, les louanges de la place, qui finirait par le connaître, comme nos acheteurs au détail connaissent les maisons dont ils viennent demander les fromages à nos caves. Le mauvais averti par des secousses inattendues et de cruels déboires contre ses illusions, apprendra à se connaître humblement, lorsque, l'œil morose et le front baissé, il verra ses boites remonter les grandes routes, étape par étape, non plus cette fois, pour le compte de son malheureux expéditeur, dont il n'a jamais eu le moindre souci, mais pour le sien propre, qui l'intéresse au-delà de toutes les autres questions ici-bas. Comme alors seront vaines toutes ces vantardises dont il assomme le marchand, quand il vient lui offrir ses fromages ! Ni la bonne opinion qu'il a de lui-même, ni le charlatanisme qu'il voudrait déployer ne lui serviront de rien. Ses œuvres seront là couvertes d'un certificat de honte, pleines de petit lait, de bouillie, de vers et de mauvais goût, rapportant de la part de nos grandes places son procès et sa condamnation.

Voilà, monsieur, un remède qui en vaut un autre. J'en ai parlé à bien des personnes sérieuses, qui l'ont trouvé excellent, ayant appris par une longue expérience de la vie, que là où il n'y a pas de responsabilité, il n'y a pas d'homme.

Un des esprits les plus intelligents et les plus cultivés de notre pays, me racontait que son beau-père, manufacturier de la Meuse, désireux d'obtenir des étoffes sérieusement fabriquées, faisait inscrire sur chaque pièce un numéro particulier, indiquant la machine et le conducteur d'où elle était sortie. De cette façon tout reproche retournant à qui de droit, l'ouvrier, tenu en haleine, apportait à son travail une attention qu'il n'aurait pas eue par ailleurs. Pourquoi donc cette mesure ne serait-elle pas appliquée, comme un stimulant perpétuel, à la bonne fabrication du Gérômé?

Quand nous expédions nos cadres, nous savons bien la provenance des marchandises qu'ils renferment. Tel marcaire a mille kilos de magnifiques fromages en croûte. Nous le connaissons de longue date; sa fabrication est des mieux conditionnées et ses pâtes peuvent affronter hardiment tous les voyages et les bouches les plus délicates. Ce serait pour lui une faveur des plus flatteuses, que de lui donner, par un chiffre quelconque, une marque qui le signale à l'attention du public commercial au milieu duquel il est appelé à se produire. Tel autre est un artisan inférieur dans sa profession. Ses produits peu estimés des expéditeurs qui l'ont vu passer de l'un à l'autre, comme une navette toujours en mouvement, seraient frappés d'un signe qui pourrait, à certaines époques, devenir un châtiment au lieu d'une récompense. Ce qui enhardit la négligence et la spéculation malsaine de beaucoup de fromagers, principalement lorsque les cours sont élevés, c'est la certitude qu'il a de voir ses fromages, comme d'insignes larrons, obtenir crédit sur la place, grâce à la bonne compagnie que l'expéditeur a soin de leur donner. Il est dans nos habitudes commerciales de tempérer nos produits les uns par les autres. Une pâte trop salée qui menace de se dévêtir, passe ordinairement à la faveur d'une autre, revêtue de ses plus beaux atours. Ici comme ailleurs, le geai se pare des plumes du paon. Mais dans l'hypothèse que je fais valoir, rien de semblable ne pourrait préoccuper l'esprit du marcaire. Chacun pour soi ; tel serait le dernier mot de l'innovation proposée, où chacun serait récompensé selon ses œuvres.

Il me semble, Monsieur, que la chose mérite considération. Je la livre à l'appréciation des esprits qui, de près ou de loin, se préoccupent de la rénovation de notre industrie, au risque d'y perdre mes sueurs, mon grec, mon latin.... et mon encre, que certains fromagers ne trouvent pas.assez blanche.

J'y avais pourtant mis de la craie, en même temps que l'expression toujours nouvelle de mes sentiments dévoués.

LA ROUTINE

ET LES FERMES MODÈLES

———

Saulxures-sur-Moselotte, octobre 1880.

Monsieur,

Le marcaire responsable et jugé par les places où ses produits aboutissent, telle était la conclusion de ma dernière lettre. Ce résultat, si fécond et si désirable pour renouveler notre industrie fromagère, a besoin d'un complément du côté même que j'ai signalé. La marque de chaque producteur est un levier puissant, n'en doutons pas ; mais en révélant les vices ou les qualités du fromager, elle n'indique pas les remèdes à employer dans les cas défectueux.

Or, le marcaire est-il assez versé dans la science de son état, pour corriger après les reproches qui lui seront adressés les défauts de sa fabrication ? Il est permis d'en douter. Pour ma part, je le nie absolument à l'endroit d'un certain nombre, grâce aux racines profondes que la routine a implantées chez eux, et à la haute opinion qu'ils ont de leurs capacités. L'ignorance a une sœur ici bas, c'est la suffisance.

Essayez, Monsieur, de critiquer les fromages de certains marcaires. Ils invoqueront contre vous les vingt ou trente années de pratique qu'ils ont dans la fabrication du Géromé, croyant ainsi donner un argument capable de réduire en poudre vos téméraires observations. Je n'oublierai jamais la réponse que me fit un marcaire des environs de Remiremont dont je visitai la cave. Lui ayant dit que ses produits étaient très médiocres, il me riposta solennellement qu'il avait fabriqué des fromages, bien avant que mon baptême eût été entendu au clocher de mon village. Je fus ravi, comme vous pensez, de cette écrasante réplique, à laquelle je répondis, bien à tort sans doute, qu'il avait aussi étudié son A B C avant ma naissance, et que néanmoins je m'offrais à risquer une petite composition avec lui, quand il le jugerait à propos. Je vois d'ici les deux yeux énormes qu'il me fit. Ses vieilles prétentions, sa logique, ses vantardises, sa haute sagesse et ses soixante ans, tout était mis en déroute devant un seul mot, dicté par le plus simple bon sens.

Rien du reste ne saurait être plus plaisant que cette conviction de bien faire, par la raison que l'on travaille comme par le passé et depuis longtemps. Avec ces préjugés dont se nourrissent la majorité des mauvais marcaires, il est facile de tirer les plus étonnantes conclusions. La logique du routinier aboutit à ceci :

Il y a soixante ans, les parapluies étaient inconnus dans notre pays. Nos vieux de la montagne me l'ont raconté bien des fois. Les pluies, les orages, la neige, le verglas qui nous trouvent aujourd'hui l'arme au bras, tombaient sans pudeur sur le dos du paysan qui n'avait jamais ouï parler de ce compagnon de voyage. Or, un jour, un bâton parut, et au-dessus une toile qui s'étendait comme deux ailes ouvertes sur la tête humaine. Peste du parapluie et de son inventeur ! Le routinier avait bien vécu soixante ans sous un simple chapeau. Qui donc s'était permis d'inventer les parapluies !

Il y a trente ans, les habits étaient loin de ressembler dans la montagne à ceux de notre époque. Les pantalons, en particulier, se nommaient alors culottes à pans, et Dieu sait comme ils étaient élégants et commodes. Eh bien, aujourd'hui, ils sont tombés à l'état de reliques. Malheur à nos tailleurs modernes qui, d'un coup de ciseau, ont abattu la magnifique devanture dont ils étaient ornés.

Ainsi de la vapeur, du télégraphe, des chemins de fer et d'autres inventions qui se sont propagées dans notre pays, en dépit des habitudes invétérées. Le routinier devrait s'efforcer de les anéantir, en invoquant la prescription de a routine elle-même.

Le mauvais marcaire qui oppose ses nombreuses années
de travail dans la fabrication du Gérômé aux observations
que l'expéditeur lui adresse, ressemble exactement à un
savetier qui viendrait s'offrir à un atelier de haute cordon-
nerie, et qui répondrait aux sévérités de ses patrons : *Vous ne
m'en apprendrez pas ; j'ai fait des chaussures bien avant que vous
fussiez de ce monde.*

Toute la ville de Paris en rirait. Avis donc aux marcaires
routiniers. Ils sont aveugles, ils sont prétentieux, ils sont
ridicules ; faudrait-il ajouter incorrigibles ? Quelques-uns
l'ont pensé. Estimant que rien n'est plus difficile à retremper
qu'une tête d'ignorant, enflé de mérites qu'il n'a pas, ils se
sont avoués vaincus, dès qu'il s'est agi de trouver un remède
à leur appliquer.

Néanmoins, ce qui a paru dépasser les forces humaines
semble moins difficile aujourd'hui. C'est une des gloires de
notre siècle d'avoir trouvé la solution de beaucoup de pro-
blèmes réputés inabordables. Il a traversé les montagnes et
les mers avec la rapidité d'une flèche ; il a donné aux hommes
les ailes de la vapeur et le fusil chassepot ; il a fait des ma-
chines parlantes, des téléphones, des phonographes, des
câbles transatlantiques ; il a visité l'Afrique centrale, découvert les sources du Nil, percé l'isthme de Panama. Il lui reste
un dernier prodige à accomplir : tuer la routine par l'ap-
plication des principes, et.... vaincre les entêtements du
mauvais marcaire. Ce sera le comble de la puissance et de la
gloire.

Nous avons indiqué, en simple spectateur, un premier moyen
dans la responsabilité à donner au producteur, conformément à la justice et à la raison. Il en est un second que vous
avez vous-même désigné comme étant le plus pratique et le
plus réalisable, vu les difficultés de notre transformation fromagère. Baptisons-le de suite sous le nom de *fermes modèles*,
servant de points de repère à notre industrie, et derrière les-
quelles graviteraient insensiblement les autres, dans la voie
du perfectionnement et du progrès,

Qu'est-ce que la routine ? Un ensemble d'habitudes mauvaises et invétérées, en dehors des principes qui doivent régner en toute chose. Qu'est-ce qu'une ferme-école ? Un lieu où l'on applique scrupuleusement les principes qui sont opposés aux pratiques défectueuses de la routine. Ceci posé, il est facile de tirer les conclusions qui en découlent.

Dès le jour où, dans le centre même de la production, à côté des mauvaises habitudes et des vieux préjugés, s'élèveraient de montagne en montagne, de colline en colline, comme des flambeaux allumés sur tout le pays, des fermes modèles où la fabrication du fromage serait l'objet de particulières attentions et se plierait aux désirs du consommateur, un mouvement de retour serait imminent pour notre industrie. Les produits qui sortiraient de ces établissements typiques indiqueraient à beaucoup qu'ils sont des ouvriers grossiers, et à tous, le parti magnifique que l'on peut tirer du lait de nos montagnes des Vosges. D'autre part, nos ménagères, instruites des prix de vente que le fromage y atteindrait, seraient obligées de s'avouer bien inférieures du côté des résultats obtenus. Ce serait le point de départ de leur conversion que personne n'a pu obtenir jusqu'ici, parce que, se trouvant face à face avec d'autres marcaires sans titre, elles ont toujours cru être à la même hauteur de talents et de mérites. Croire à sa perfection est le comble de l'endurcissement. L'institution des fermes modèles combattrait directement cet orgueil granitique, par le spectacle public d'une fabrication parfaite sous tous les rapports. Combien de producteurs, qui n'entendent rien aux délicatesses de leur profession, apprendraient par là que le fromage est un nourrisson capricieux et exigeant, qui réclame du temps et des marcaires une foule d'attentions et de prévenances qu'il n'a pas !

D'où vient cette différence considérable que l'on rencontre entre les diverses fabrications des fermiers ? Ici les fromages sont souples, fermes, couleur de brique, avec de belles rides fines qui dénotent une maturité normale, une constitution

saine et plantureuse. Vous les admirez, ils parlent d'eux-
mêmes à l'appétit et portent sur leur manteau doré le certificat et la louange de celui qui les a produits. Mais allez chez
le voisin, le spectacle est entièrement changé : aspect gris,
couleur pâle, humidité visqueuse, aigreur, tout s'y rencontre
à la fois. On dirait ces traits de l'enfant vicieux et maladif
qui porte sur son visage la révélation d'une incurable mala-
die et d'un défaut d'origine dont il souffrirait toujours.

D'où vient cela ? Les prés sont voisins, les murs se touchent,
les plantes de l'un et de l'autre sont des sœurs. Bien plus, c'est
quelquefois la même propriété et la même maison. Deux
locataires se succèdent sur une ferme et leurs produits sont
entièrement différents. La cave n'est pour rien ici, puisqu'elle
est unique pour tous les deux. Evidemment toute la question
est du côté du marcaire. Il fabrique de routine, comme le
joueur de *crin crin* fait de la musique, sans réflexions,
sans méthode, sans soins, par manière d'acquit, et, convaincu néanmoins de son infaillibilité personnelle, il s'admire
naïvement sans soupçonner jamais qu'il puisse sortir quelque
chose de mauvais de sa main.

Le spectacle des fermes modèles aurait l'immense avantage
de désillusionner les présomptueux ; elle leur dirait qu'il faut
autre chose que de l'à-peu près dans la confection du fromage.
De plus elles relèveraient notre prestige, au milieu des centres
populeux où s'écoule la production du pays. Ceci est si vrai,
Monsieur, que plusieurs départements, sentant baisser comme
nous la réputation de leurs fromageries, se sont hâtés d'insti-
tuer, soit des fruiteries, soit des écoles fromagères, selon les
convenances du pays, afin d'opposer une digue au courant
qui les entraînait à la ruine. Le Jura s'est inscrit, avec la
Savoie, en tête de ce mouvement de retour, et des hommes
marquants de notre époque, des députés et des sénateurs
n'ont pas craint de s'y intéresser d'une manière toute parti-
culière, pour signifier aux populations trop oublieuses l'importance capitale que des établissements de cette nature avaient
en face de leurs intérêts les plus chers.

Dans les Vosges, cette nécessité s'impose aux yeux de tous. Les plaintes du consommateur, les difficultés du métier de marchand de fromages, la place humiliante que nous occupions à la dernière Exposition universelle, les entêtements et les incrédulités du marcaire devant les reproches qui lui étaient faits de divers côtés, toutes ces raisons et d'autres encore ont mérité les attentions des personnes intelligentes de nos montagnes. Vous-même, Monsieur, à votre retour de Paris où vous aviez assisté, comme moi, au lamentable spectacle de nos humiliations patriotiques, vous avez poussé publiquement le premier cri d'alarme, et en ce temps-là, ému de vos plaintes et confiant dans votre bon sens, le Comice agricole de Remiremont applaudissait à vos propositions. Des négociants sérieux se rangeaient à vos côtés, et approuvaient votre sollicitude à l'égard de la situation faite à notre production.

Je n'ai pas à revenir sur les incidents survenus entre ces beaux commencements et cette malheureuse fin; il y a eu des torts condamnables du côté de certains intéressés qui se sont mis en émoi sous l'influence de considérations particulièrement égoïstes. Ce fut un jour désastreux que celui où disparurent, dans une véritable catastrophe, les belles et bonnes résolutions qui animaient alors les esprits. L'intérêt particulier prévalut sur les avantages de toute une contrée.

Ne vous laissant pas abattre par cet échec inattendu, vous vous êtes obstiné à placer à dos du commerce la Société de marcaires réunis que vous vouliez mettre sous le patronage du Comice. Après trois ans d'épreuves, elle reste debout, à l'honneur de votre courage et de votre patriotique dévouement. Mais permettez-moi d'ajouter que, pour subsister longtemps, elle a besoin du concours généreux des expéditeurs de notre pays. Je vous ai tendu la main, au nom du commerce, dans l'espoir bien assuré, ou de réconcilier les malentendus, ou de réunir dans un faisceau vigoureux toutes les volontés qui ne placent pas leurs bourses sur les ruines de la patrie. Hélas ! Monsieur, la besogne est difficile et si les obstacles sont plus grands que mon pouvoir, je pourrai du moins me rendre le suprême témoignage d'avoir sacrifié mes intérêts particuliers au bien être et à l'amour de mes concitoyens.

Il faudrait plaindre profondément tout expéditeur qui, trop amoureux de son rôle et de ses aises, se refuserait à prendre part à une action commune pour le bien public. L'orgueil privé est un désastreux conseiller. Il tue toutes les nobles causes, au nom de rêves chimériques, caressés depuis long-temps et depuis longtemps aussi la cause principale du désarroi industriel vers lequel nous nous acheminons à grands pas. Malheur à celui qui ne sent pas battre son cœur pour les autres, et n'a pas assez de hauteur dans l'âme pour élever ses yeux jusqu'à l'image blessée de sa patrie. Ce peut être un habile commerçant, mais jamais un serviteur de ses semblables. La reconnaissance publique ne devra pas mettre une obole pour prolonger son souvenir dans la postérité.

Je dois ajouter, pour le cas qui m'occupe en ce moment, que votre *Association fromagère*, destinée à préparer le terrain d'une réforme, a de graves engagements à remplir. Elle doit être modeste dans le rôle qu'elle remplit, en face du commerce qui est une des grandes ressources de toute industrie. Il appartient au commerce de la prendre à son service comme un levier, mais il ne lui appartient pas, à elle, d'absorber le commerce pour l'amoindrir en sa faveur. Ce serait passer d'un but patriotique et glorieux, à une mission dévoyée, où l'esprit du producteur, déjà si mal instruit, prendrait une tournure plus malheureuse encore. Toute idée de revanche ou d'indépendance en doit être impitoyablement bannie. Aussi, Monsieur, mon unique souci, quand je m'occupe de l'existence de l'Association fromagère, est de songer que peut-être un certain nombre de vos adhérents ne la comprennent pas à son véritable point de vue. Ils seraient portés à la considérer comme un asile où les mécontents ont droit de se réfugier, avec l'espérance d'obtenir une petite *vendetta*, contre les observations antérieures du marchand. D'un autre côté, n'est-il pas à craindre que l'attention de quelques-uns ne

soit beaucoup plus préoccupée des bénéfices à réaliser que
des progrès à faire dans leur fabrication ? Il est des marcaires,
vous le savez, disposés par principes à cumuler en leur faveur
les bénéfices du commerçant, et à lui laisser pour tout avantage le droit de payer une patente.

N'oubliez pas du reste que votre œuvre est entièrement
votre création, et que du jour où pour une raison ou pour
une autre, vous cesseriez d'y consacrer votre influence morale
et vos lumières, elle se trouverait à la merci d'un successeur
qui pourrait en faire une spéculation pour son compte, et
retomber dans le rôle habile de commissionnaire intéressé.
Toute œuvre, Monsieur, qui n'a pas l'argent pour mobile, a
ceci de particulier, qu'elle meurt avec celui qui en est l'auteur.
Vous êtes animé des sentiments les plus purs, vous aimez vos
semblables, vous leur sacrifiez libéralement vos jours et vos
travaux, avec une abnégation que l'on ne saurait trop admi-
rer ; mais qui sait si, après vous, derrière l'exemple
que vous donnez, des convoitises secrètes ne se dissimulent
pas dans l'ombre ? Les hommes désintéressés sont des pro-
diges à notre époque ; les hommes d'argent pullulent et
fatiguent la terre du poids de leurs ambitions. Vous disparu,
la Commission de Lyon refleurirait dans nos montagnes. C'est
là le terme où aboutirait l'Association fromagère vosgienne.

Je rends hommage, Monsieur, au rôle qu'elle a joué sur
notre production. Par vos écrits, aussi bien que par vos paroles,
vous avez fait quelque chose pour relever le prestige qui
nous manquait naguère, lorsqu'à l'Exposition du Champ-de-
Mars, notre vieux Gérômé comptait une vingtaine de boîtes
timides et sans gloire au milieu des produits accumulés par
les autres pays. En outre, le marcaire a appris de vous, qui
êtes un des siens, combien peu le consommateur faisait cas
de sa fabrication. Tombé de votre bouche de producteur,
l'avertissement devait dépasser en crédit les doléances stériles
que l'expéditeur sérieux ne cesse de répéter. A ce point de
vue, vous avez soulevé une question d'urgence qui deviendra
bientôt la grande question de notre agriculture départemen-

tale, et vous méritez la reconnaissance de ceux qui, de près ou de loin, s'occupent de nos intérêts publics.

De ce que je viens d'exposer, il vous est facile de conclure que la création des *fermes modèles* que vous avez réclamée, serait le développement normal et logique de vos idées. Votre association est assise sur le terrain un peu glissant des marcaires ; les fermes modèles reposeraient, par égales portions, sur tous les intérêts du pays.

Je vous laisse, Monsieur, sous l'impression de ces quelques idées, échappées au courant de ma plume, et je vous convie, pour la prochaine fois, à l'examen d'une question secondaire très importante. Je vous entretiendrai du *fromage blanc* et du *petit fromage*, deux points où j'aurai à faire bien des médisances, au risque d'encourir quelques mauvaises humeurs. En les attendant, veuillez agréer, Monsieur, l'hommage de mes sentiments dévoués.

LE FROMAGE BLANC

Saulxures-sur-Moselotte, décembre 1880.

Monsieur,

A côté des réflexions générales que m'a suggérées l'étude de nos mœurs fromagères, je dois entrer dans quelques considérations plus précises, qui ont une importance considérable au point de vue de l'écoulement de nos produits. Depuis quelques années, le *fromage blanc* y joue un rôle capital qui a besoin d'être examiné. Je le ferai sans parti pris, sans ménagement, dans la rondeur de la franchise et de l'implacable vérité.

Au lendemain de la guerre désastreuse de 1870, lorsque le bétail, décimé par le passage d'un ennemi exigeant et victorieux, s'était fait rare, le lait eut un rendement disproportionné avec la consommation. Notre fromage, recherché sur les grandes places, arrivait à peine à sastifaire tous les appétits. De là cet essor inconnu que prirent les cours et qui produisit des désordres inouis au milieu de l'exploitation fromagère de notre pays. Six mois durant, la fabrication s'essouffla à faire de la quantité, et le petit lait, mis en réquistion, fut élevé à l'honneur de s'appeler Gérômé.

Sans vouloir examiner les conséquences désastreuses que ce fait eut sur nos produits, qu'il me soit permis d'invoquer ici le plus vulgaire bon sens, et de me demander si l'expédition du fromage blanc n'est pas un fait profondément regrettable. Je toucherai tout à l'heure à notre expédition d'Afrique, qui est une exception et n'entre pas en ligne de compte ici.

Qu'est-ce qu'un fromage blanc ? Est-il propre à consti-
tuer un élément commercial dans l'intérieur de la France ?
Deux questions auxquelles je veux répondre tout d'abord,
le plus brièvement possible.

Vous vous figurez aisément, Monsieur, le grand éclat de
rire que susciterait un marchand des quatre saisons qui
s'aviserait de traverser nos villes, avec une haridelle, en criant
à tue-tête : *Aux poires mal mûres ! aux poires qui ne sont pas mûres !*
On le prendrait pour un fou ou un plaisant, et on aurait raison.
Eh bien, le fromage blanc est une poire toute verte, arrachée
de l'arbre par un coup de vent violent. Dès lors, pourquoi
la recueillir avant le temps et vouloir la mettre sur la table
du consommateur lorsqu'elle est sans saveur et sans goût ?
C'est un contre-sens et un abus. Le vigneron ne met pas en
vente son vin avant la fermentation qui suit le cuvage ; le
Normand attend que son cidre ait cuit pour l'expédier ; seul
le marcaire a la tendance et le pouvoir de se *débarrasser* de
ses fromages, aussitôt qu'ils ont une forme prise. Encore une
fois, est-ce le bien de l'industrie fromagère ? Évidemment
non.

Avant tout, le devoir stricte de tout producteur est de
soigner, de préparer sa fabrication et *de ne la livrer que dès
l'instant où elle peut figurer comme aliment propre à être consommé.*
Tout ce qui contredit à ce principe est une coutume regrettable,
une tolérance inventée par le commerce pour accaparer la
clientèle du fournisseur. Voilà un marcaire qui se décharge
de ses fromages, au jour le jour, dès qu'ils sont éclos sur le
saloir. Il croit sa mission finie quand il a transformé son
lait en caillé et son caillé en argent Eh bien il se trompe.
Laisser à d'autres le souci de soigner le fromage, c'est mettre
au monde un enfant et l'abandonner le lendemain ; c'est
vouloir être à l'honneur sans être à la peine et charger
l'expéditeur de son propre travail, celui-là même qui fait
l'essence d'une profession et qu'on ne peut abdiquer sans se
renier soi-même.

Une fois sorti de la cave du marcaire, le fromage blanc

demande six semaines à deux mois de préparation. *C'est un avorton échappé des entrailles d'une mère coupable.* Qui fera la besogne ? Est-ce l'expéditeur chez lui ? J'ouvre le dictionnaire et je lis : *Expéditeur,* celui qui expédie les marchandises ; *producteur,* celui qui les produit et les prépare à la consommation. Nulle part je ne découvre de définition qui établisse dans le marchand la qualité de domestique, de bonne d'enfant, de balayeur, engagé gratis au service du marcaire. Quand celui-ci a 100 kilos de marchandise en cave, l'expéditeur en a 10,000. Supposer qu'il peut suffire à la tâche, quand le fromager en trouve le centième trop onéreux, c'est le croire un géant et le producteur un paresseux. Encore une fois, ces définitions ne sont pas dans le dictionnaire, et l'Académie française ne corrigera pas le sens des mots de notre langue pour donner gain de cause aux porteurs de fromages blancs.

Notez du reste qu'il est impossible de bien juger de sa fabrication avant qu'il ait cinq à six semaines de séjour dans la cave. La couleur est requise pour décider de sa valeur, c'est le certificat qu'il doit fournir à l'expéditeur en entrant chez lui. Trop jeune pour se révéler tel qu'il est, le fromage blanc joue le rôle d'un contrebandier qui a peur d'être surpris. Il se faufile avec ruse, à la faveur de son déguisement, sous lequel il n'est point permis de distinguer encore le caractère de son délit. Certaines ménagères entendent si bien la question, que bien des fois on leur a ouï dire avec un aplomb sans pareil et une incroyable naïveté : *Faisons bien ceux-ci, c'est pour les tenir jusqu'au mois de septembre* ; ce qui signifie, en d'autres termes, que pendant la belle saison, elles les font *tout à l'aventure,* avec calcul de quantité, puisqu'ils sont destinés à *partir* immédiatement et qu'elles ne les verront plus.

Ah ! comme elles tiendraient d'autres propos, si, conformément à leur devoir, elles devaient les manipuler elles-mêmes. Ce petit lait, cette malpropreté qu'elles laissent régner dans leurs ustensiles, feraient place à des attentions dont elles ne se soucient pas, dans la pensée que le lendemain va venir les *débarrasser* de leur marchandise. D'un autre côté, si l'expérience de la fabrication leur donnait la certitude qu'elles ont des réformes à opérer, le fait serait là palpable et écrasant sous leurs propres yeux. Mais, en l'état actuel des choses, bon nombre de fromagers sont les derniers à se reconnaître ; ils n'ont pas le temps de s'étudier dans le miroir de leurs œuvres ; ils se hâtent de les confier à des mains étrangères le lendemain de leur naissance, et quand plus tard, ils ont révélé leurs défauts, on entend les pères de ces avortons s'écrier avec étonnement : *Comment se fait-il ? ils avaient si bonne mine en sortant de chez nous !*

Absolument comme l'enfant qui vient de naître. Qui le croirait capable de se faire mettre en prison ? Et pourtant il en est qui plus tard sont montés sur l'échafaud. Sous leurs traits inoffensifs, où l'œil contemple avec amour les premières révélations de la vie, leur mère ne soupçonne pas les ferments qui dorment au fond de leur nature ; elle ne peut entrevoir la toge du juge ou le chapeau du gendarme. Plus tard, les jours s'écoulent, le sang bouillonne, les veines se fortifient, l'âme grandit avec l'âge, et bientôt les passions révoltées se font jour à travers l'enveloppe de chair qui les dérobait aux regards.

C'est l'heure des révélations, des étonnements et des remords.

Ainsi du fromage ; ne pas le soigner pendant la fermentation, c'est ne pas le connaître ; ne pas le connaître, c'est être indigne de son état et se mépriser soi-même.

Il semble que ces vérités parlent assez haut pour établir des convictions salutaires qui ramènent dans le droit chemin. Eh bien, l'égoïsme de plusieurs fait litière de la raison et de l'évidence. Nos habitudes commerciales deviennent de plus en plus désordonnées ; au lieu d'opposer une digue, d'appliquer un remède à d'aussi criants abus, elles concourent obstinément à les favoriser.

On m'objectera qu'un tel état de choses a été créé par des nécessités impérieuses. Les caves, les maudites caves sont trop petites, elles réduisent aux abois les meilleures volontés, et obligent certains marcaires à mettre plusieurs kilomètres entre eux et leur marchandise. A quoi je répondrai, au risque d'être bien ennuyeux, que la question des caves est pour moi un mystère impénétrable, où mon esprit s'égare sans jamais rencontrer la véritable lumière. Que l'on m'explique comment il se fait que, d'une saison à l'autre, les caves subissent les prodigieuses métamorphoses dont on nous parle. Tantôt elles sont d'une petitesse microscopique, et tantôt démesurément grandes ; la baisse les rétrécit, la hausse y ouvre des immensités. Au mois de juillet, c'est l'espace qui domine ; en décembre, ce sont les voûtes qui retombent. Les fromages impuissants à y trouver un billet de logement descendent à toute vapeur dans les caves du marchand. Semblables aux petits de la perdrix qui portent encore la coque de l'œuf sur le dos, on les voit défiler à la queue leu-leu, dans la robe blanche de leur innocence, tout transis de faire un si long voyage au lendemain de leur apparition sur la terre.

Que l'on me donne donc la solution de cet étonnant phénomène ! De méchantes langues m'ont raconté que les caves miraculeuses dont il est question sont un atelier où se fabrique une foule de ruses et bien des mensonges. Les rats, les pommes de terre, les balances cassées, seraient autant de de toiles d'araignée tendues pour prendre le marchand en se cachant derrière. Si ces langues ne m'ont pas trompé, si elles n'ont été que médisantes, la cause que je défends est des plus heureuses pour mon petit talent d'avocat. J'en conclus immédiatement que le fromage blanc n'est autre chose qu'un fuyard de la baisse et un prisonnier de la hausse. C'est précisément ici que j'attendais le coupable. Les deux mois d'hiver qui sont requis pour la préparation d'un fromage viable sont bien lourds à porter ; la baisse comme un animal à redouter, est là menaçante, toute la question est de savoir qui elle va dévorer.

Il y a des marcaires qui disent : C'est le marchand qui y passera. Je ne puis souffrir l'idée de voir mon fromage placé à plus petits intérêts et mes vaches risquer une moins-value à mon détriment. Que le marchand s'en tire comme il pourra ! Il n'est pas producteur, et cependant il aura mes produits à soigner ; il n'est pas fermier, et cependant il aura mes fromages sur le dos ; il ne possède pas mes prés, et néanmoins, si la grêle y tombe, c'est lui qui m'en remboursera les ravages ; à lui les déboires et les déconvenues, à lui le souci du fromage aux époques critiques de la consommation, à moi le rôle de dormir en paix, sans inquiétude et sans péril. »

Voilà leur logique et, en vertu d'aussi bons principes, que font-ils ? En apprenant qu'une baisse arrive, on les voit venir avec une charge de fromages tout saignants, tout blancs. Prenons que c'est à la date du premier décembre. Les fromages ont fléchi ; nous n'en savons plus le prix, attendu que la demande nous fait entièrement défaut.

De retour chez eux, ils inscrivent la date de départ de leur lait caillé. Cependant les jours s'écoulent, les caves s'emplissent, et nous, négociants, nous frottons les fromages pour les préparer au départ ; au besoin nous faisons du feu pour en hâter la rousseur, le *tout à notre peine et à nos frais*. Six semaines ont passé et nous vendons. A cette époque du 15 janvier, la baisse a atteint le chiffre de 16 francs par 100 kilos.

Nos marcaires en question arrivent en mars pour régler leur compte. Quand il s'agit de traiter des fameux fromages, ils tombent des nues, si le marchand les compte au cours de la vente. Ils se payaient au 1er décembre 90 fr., donc ils doivent obtenir ce cours, si non l'expéditeur est un voleur et ils l'enverront promener. Remarquez qu'aucun prix n'était fait d'avance. Voilà pourtant le chef-d'œuvre d'honnêteté où un certain nombre d'entre eux en sont arrivés. Ils tiennent absolument le raisonnement du lion de Lafontaine dans la distribution du butin. La première part leur appartient, parce qu'ils sont marcaires ; la seconde, parce qu'ils ont la date du départ de leurs fromages, je voudrais dire de leurs avortons. Si quelqu'un touche à la dernière, gare à lui, on lui fera subir son châtiment, sans doute pour le soin qu'il a eu de préparer lui-même, pendant de longs mois, le fromage à la consommation.

Je ne connais rien de mieux inventé que ce truc pour infliger à autrui une perte de 2,000 fr., afin de se sauver soi-même d'une moins value de 5 à 10 fr. Je trouve la chose sublime et d'une loyauté parfaite. De cette façon, le métier de marchand devient une position incomparable, unique dans le commerce, où l'on a droit à toutes les peines d'un côté et à toutes les pertes de l'autre.

La faute à qui, me dira-t-on? N'est-ce pas l'expéditeur lui-même qui a fait le mal de tous? Ces fromages blancs, mal égouttés, pleins de petit lait et mis à la porte comme un débarras, n'est-ce pas le marchand qui les reçoit? Dès lors, pourquoi se plaindre?

L'objection ne manque ni de force ni de vérité. En fait, c'est la concurrence qui a établi le déplorable abus du fromage blanc. Certains commerçants, désireux d'absorber tous les produits du voisin, se sont hâtés de faire main-basse sur tout ce qu'ils rencontraient. *Mieux vaut du caillé tout humide pour moi qu'un beau fromage pour un autre*, se sont-ils dit, et les voilà, pleins de complaisances désastreuses, recevant tout, courant au-devant de tout, engloutissant le fromage jusqu'au pis des vaches. Le marcaire en question, trouvant la chose commode pour ses aises, a pris pied sur les licences qui lui ont été données. D'une permission, il a fait une habitude, d'une habitude, il a fait une loi, et aujourd'hui ce serait le vexer profondément que de le rappeler à son devoir, en refusant sans pitié ses avortons de fromages. Il vous disgracierait, avec accompagnement de mauvaises raisons : *Laissez-leur prendre un pied chez vous, ils en auront bientôt pris quatre.*

Depuis deux ans, j'assiste à un spectacle que je déplore profondément. Arrivés au mois de septembre, les cours sont établis sur la sagesse et l'expérience communes. C'est l'époque des belles croutes, attendu que, grâce à la spéculation de la hausse, toutes les caves ont accompli le prodige de l'agrandissement. L'expédition se fait et suit un cours normal, régulier, conforme au bien du producteur, du marchand et du consommateur. Six semaines s'écoulent ainsi, les appétits s'aiguisent, les pâtes faites sont recherchées, les demandes sont actives. Alors la concurrence vient accomplir ses chefs - d'œuvre ordinaires. L'arrière goût du vieux fromage parfume encore les bouches et c'est juste à ce moment qu'on fait ici la hausse sur les *blancs*. Les croûtes étaient payées 90 fr. les 100 kil. et les blancs qui ne sont pas mangeables, qui parfois suent le petit lait par tous les pores, en valent 96 ou 100. Ce durant, les cours de la place n'ont pas changé, sinon qu'ils approchent du terme fatal et se préparent à des chutes désastreuses, pour saluer l'arrivée de ces embrions. C'est ainsi que notre industrie a été frelatée, et s'est trouvée au dernier degré de la décadence où nous l'avons vue pendant la dernière exposition universelle.

Je le dis bien haut, en face de mon pays que j'aime, avec l'expression d'une âme endolorie : Messieurs les marchands qui faites ce mouvement de hausse à contre-temps, votre œuvre est aussi étourdie que préjudiciable à nos chers intérêts. Certains marcaires, formés par vos leçons, s'enfoncent de plus en plus dans le vice. Ils nagent dans la caillebotte, avec la perspective de vendre de la bouillie à prix d'or. O immoralité!

Si du moins ces menées détestables pouvaient obtenir une excuse quelconque; mais, outre l'absurdité du fait en lui-même, il y a là un calcul d'égoïsme qui fait rencontrer la ruine où l'on cherchait l'argent.

Derrière ce torrent de lait caillé qui s'écoule, se creusent de profonds abîmes. Les cours baissent aussitôt qu'il fait apparition sur les places; car, qu'on le retienne bien une fois pour toutes, le marchand qui fait ou subit la hausse indiquée est tout d'un coup débordé par des arrivages qu'il n'attendait pas. Les fromages sortent de dessous terre;

alors, que fait-il? Il cherche par tous les moyens à éluder le fardeau qui pèse sur lui. Continuant les agissements du producteur qui bourre sa marchandise, il expédie prématurément, lui aussi, et voilà que les cours descendent par soubresauts, en pleine consommation. Une fois le blanc descendu sur la place, notre expédition est perdue. Alors on entend de toutes parts s'élever les lamentations du marcaire. Il s'étonne, il se plaint de voir les prix diminuer aussi vite; au besoin, il taxerait de mensonges les nouvelles commerciales qui viennent jour par jour annoncer de cruels déboires.

Quelle pitié et quelle misère ! Il a voulu moissonner le lendemain des semailles, et le voilà surpris de rencontrer la la terre nue, au lieu des épis mûrs.

Comme le fromager d'autrefois entendait mieux ses intérêts et sa profession ! Il y a quelque quarante ans, l'habitant de nos montagnes, jaloux de ses produits et de son nom, se réservait la mission de choisir dans sa cave les pains assez murs pour être remis à l'expéditeur. Tout fromage qui laissait à désirer, toute pâte qui n'était pas arrivée au degré voulu de fermentation, restait impitoyablement chez lui. En ce temps là, le producteur se respectait ; il savait apprécier ses fonctions et les élever à la hauteur d'une profession libérale, destinée à porter au loin le certificat de son savoir-faire et l'honneur de son pays. Pour lui, point de caves élastiques ; il savait prendre des souris, restaurer les balances, loger au mieux ses pommes de terre, ne pas mendier honteusement les bras du marchand pour soigner ses fromages, jusqu'au jour où ceux-ci, embellis par ses soins, prenaient congé de lui pour s'en aller au loin lutter avec ceux des autres pays et mériter cette bonne renommée qu'ils ont eue si longtemps, et dont ils sont si malheureusement déchus dans les grandes capitales de la France. Le marcaire était marcaire, il en avait la peine et la noble fierté..

Je n'entends pas mettre au même niveau tous les

fromagers. Dieu me garde de les confondre dans la même réprobation. En écrivant, ma pensée est presque toujours fixée sur les environs de Remiremont, qui fabriquent beaucoup moins bien qu'ailleurs. Mais ici, dans notre canton de Saulxures, dans ces pays que l'on nomme La Bresse, Cornimont, Ventron, Rochesson, Planois, Saulxures et Thiéfosse, il n'est pas rare de rencontrer des fermiers intelligents qui désavouent la mise en circulation du blanc Gérômé. J'en ai rencontré qui entendait admirablement cette question, et je suis heureux d'avouer, pour l'honneur de nos contrées, que plusieurs des considérations que le viens d'émettre m'ont été suggérées par des bouches de marcaires. Je ne pouvais recueillir de meilleurs témoignages.

J'arrive, Monsieur, à la promesse que je vous ai faite de dire un mot relatif à notre expédition d'Afrique. Est-elle un bien, est-elle un mal? Ma réponse sera la conclusion de cette lettre, bien longue et bien dure peut-être, mais tout entière écrite, je le jure sur mon honneur, dans l'amour et l'intérêt du et marcaire de notre bien aimé pays.

Considérée comme placement, l'Afrique a fait beaucoup pour faciliter notre écoulement aux heures difficiles. C'est un avantage considérable que de pouvoir explorer à son profit une terre aussi lointaine qui, grâce à son climat élevé et aux eaux de la mer qu'il faut traverser pour y parvenir, permet à nos produits de fermenter en route et d'atteindre le but avec la maturité qu'ils n'avaient point au départ. Si l'Afrique pouvait absorber tous nos fromages, la question qui m'occupe en ce moment aurait peut-être une importance un peu moindre; malheureusement, cette province ne mange qu'une faible partie du Gérômé, et s'autoriser de sa consommation pour excuser la mise en œuvre du fromage blanc, c'est commettre une grossière erreur. L'Afrique n'est qu'une exception, et j'ajouterai que *ce n'en est pas même une.* De ce que le climat y est chaud, que la distance en est grande, il ne résulte nullement que l'on doive y expédier le fromage en sortant des formes. La première rousseur ne les rend que plus propres à voyager. Elle évite ces moisissures que l'on rencontre infailliblement dans les boîtes et qui résultent d'une sueur que le caillé rend toujours, quand il commence le travail des caves. Cette transpiration évaporée, l'enveloppe s'adoucit, la pâte se colore, les pains sont *refaits de cave*, selon l'expression consacrée. C'est à ce moment, qu'on peut, après une bonne friction, en user pour l'expédition d'outre-mer. Il n'y aura plus de moisissures, de tâches noires, de velours gris nauséabond, qui donnent un si triste aspect à la marchandise et pénètrent jusqu'à l'extérieur des boîtes. Qu'on en fasse l'expérience, et personne ne pourra me contredire, il sera facile de constater que rien ne peut être plus maladroit et plus préjudiciable à la bonne mine d'un pain de fromage, que de l'emboîter tout saignant.

Si j'ajoute que l'Afrique, mal interprétée dans les besoins de son expédition, a été un des prétextes que la concurrence a mis en avant pour justifier son acceptation du fromage blanc, on comprendra qu'à ce point de vue elle a joué un rôle désastreux contre le progrès et l'amélioration du Gérômé.

Je m'arrête là, Monsieur, avec la parfaite conscience d'avoir traité cette grave question dans la pleine conviction de la vérité. J'espère assez du bon sens public pour me croire un jour compris et approuvé dans nos montagnes. Ce sera ma consolation, mon désir, ma récompense. A une autre fois la question *de la forme du fromage*; elle mérite les plus sérieuses observations. Je n'y faillirai pas.

Veuillez agréer, Monsieur, l'assurance de mes sentiments dévoués.

LA FORME DU FROMAGE

Saulxures-sur-Moselotte, janvier 1884.

MONSIEUR,

Si la mise en circulation du fromage blanc nous a conduits à la corruption de l'industrie fromagère dans nos montagnes, la forme défectueuse que le marcaire donne à ses produits vient y ajouter un surcroît de dépréciation.

C'est une chose vraiment extraordinaire que son indifférence relativement à ce point, le premier à considérer, après la fabrication, pour conquérir les sympathies du consommateur. Sous ce rapport, nous sommes à l'enfance de l'art. Tout est désordonné, capricieux, sans raison, pêle-mêle, jeté au hasard des mille formes que le marcaire s'adjuge, malgré les avertissements qu'on ne cesse de lui répéter. C'est là un des plus tristes symptômes de la coupable négligence qui préside à notre industrie.

Dans tout commerce, le rôle de celui qui fabrique est de connaître les désirs du public qu'il est destiné à servir. Il se conforme aux goûts et aux appétits ; il interroge, il considère, il examine ce qu'il convient de réaliser pour répondre à l'attente de ses clients. Le génie de la confection accomplit des tours de force pour agrandir le nombre de ses acheteurs. L'art culinaire ne se montre ni moins vigilant ni moins fécond. De ses cuisines, dont il fait tous les jours un atelier d'expériences, sortent des mets délicieux que les gourmets viennent demander à prix d'or. Que sais-je encore ? Tout s'agite, tout s'ingénie, tout s'escrime, pour être agréable à la consommation et mériter un peu de cet argent qui est le pivot du monde.

Or, quels sont les désirs de ceux qui usent de nos produits ? Les exprimer et les décrire, c'est signer la condamnation de la majorité des marcaires.

La première qualité d'un fromage étant d'être *fait*, c'est-à-dire mûr, tout ce qui en retarde ou paralyse la fermentation est un vice considérable qui doit disparaître.

Or, quel est le pain le plus apte à vieillir rapidement dans les caves ? Est-ce la masse énorme de lait caillé dont on est si fier, ou la pyramide conique que l'on rencontre si fréquemment ? Il est manifeste que non. Plus un pain de fromage est volumineux, plus il a besoin de temps pour permettre à la fermentation de l'atteindre jusqu'au centre. Il brave les semaines et les mois avant d'acquérir cette souplesse odorante qui fait la pâte grasse, et sans laquelle un Gérômé ne peut être qu'un produit inférieur dans la consommation. Le principe posé, qui ne saisirait, au premier coup d'œil, les contradictions vraiment déraisonnables qui se rencontrent dans notre exploitation fromagère ? Fabriquer de gros pains et les écouler de suite, voilà l'ambition du fromager. C'est le comble du mépris pour le public, et de l'ignorance crasse de ce qui se passe autour de nous.

Tandis que l'Allemagne, depuis quelques années, nous expédie par wagons ses petits *Limbourgs* à pâte d'or, que le *Romatour* et le *Münster* viennent fasciner nos regards par une tenue élégante et régulière, une souplesse admirable, des contours artistement modelés, la Normandie, la Brie, l'Auvergne et d'autres contrées abondent sur nos grandes places avec l'éclat d'une renommée qui nous laisse bien loin derrière eux. Ce sont des rois qui trônent à l'étalage des magasins et derrière lesquels nos Gérômés jouent le rôle de véritables *parias*. Le gamin de Paris, qui est un enfant terrible, les appelle avec ironie la *boîte des pauvres*.

Pendant les sept années que j'ai vécu dans la capitale, il ne m'a pas été donné, Monsieur, de voir une seule fois, un morceau de notre fromage paraître sur la table de dessert d'un riche. Mieux que cela, il y est profondément ignoré. Le

Gérômé est un étranger pour les bouches délicates et les bourses pleines, pareil au menu peuple qui habite les hautes mansardes et que personne ne connaît.

Pourquoi cela, je vous le demande? Est-ce la qualité inférieure du fromage qui nous fixe aujourd'hui si bas dans la hiérarchie laitière? Non, mille fois non. Tout est dans nos mains pour mériter le crédit public et remonter à la vieille place d'honneur que nous avons perdue. Je connais pour ma part les produits les plus recherchés des gourmets : le Chester, le Parmesan, le Roquefort, le Brie, le Camembert, l'Ementhal, le Livarot et une foule d'autres qui ont leur célébrité conquise sur les places. Eh bien ! dussé-je passer pour être pendu par un câble à la pointe de mon clocher natal, je jure que tous ces aromes ne sont pas supérieurs au bouquet de certains Gérômés que j'ai parfois découverts au fond d'une vieille cave. Brillat-Savarin en eût fait son dîner.

D'où provient donc le peu d'estime dont ils jouissent auprès du consommateur ! De la fabrication, tout d'abord, et de la forme ensuite. La majeure partie de nos marcaires produisent des pains difformes, qui sont en contradiction perpétuelle avec nos tendances culinaires. En vain leur donne-t-on des avertissements réitérés : ils font la sourde oreille et poursuivent leur œuvre sans aucune intelligence du public qu'ils desservent, S'ils ont beaucoup de lait, ils le massent en bloc sans forme, parfois haut comme un pain de sucre et élégant comme un chapeau d'Arlequin. C'est là leur idéal. Leur orgueil est au diamètre d'un cône tronqué.

S'ils tirent peu de lait, le talent scuptural de nos ménagères varie à l'infini : la bonde de tonneau culbute sur la galette, le boiteux se heurte contre le bossu, le tout pêle-mêle, sans soin, sans amour-propre. C'est un vaille que vaille, un pot-pourri de formes, une débauche industrielle qui nous met en retard d'un siècle sur les progrès réalisés par les autres pays dont les productions sont à peu près similaires. Regardez l'Alsacien, le Normand, le Champenois, l'Allemand, comme ils opèrent avec distinction et bon goût. Le Münster, notre

frère du Rhin, est un chef-d'œuvre de proportions ; le
Limbourg, aligné comme l'esprit méthodique du Prussien,
étale ses piles carrées avec une admirable symétrie ; le
Camembert, dans sa tenue ramassée et coquette, prend la pose
d'une tourte de pommes qui aiguise l'appétit du fond de la
vitrine du confiseur. Tous ont une forme précise, déterminée,
régulière, *étudiée sur les conditions requises pour l'hygiène du
fromage.* Le Normand, qui a trente vaches à l'écurie, sait fort
bien qu'un petit pain de trois centimètres de hauteur et large
de cinq pouces, égoute toujours bien, mûrit vite et jaunit
infailliblement de part en part. Il le sait, et il le fait pour
son honneur, sa réputation, et... *le bien de sa bourse.* L'Allemand, qui singe avec son Limbourg l'*Angelot* que nos ancêtres
faisaient, n'ignore point que sa brique, transpercée par la fermentation, est destinée à déclarer une guerre à mort à notre
épais et pyramidal Gérômé ! Le marcaire des montagnes d'Alsace a vingt laitières, et fait autant de fromages d'un jour. Son
Münster est partout en haut honneur, parce qu'il est toujours
mûr et gras jusqu'à la dernière molécule du centre. Bref,
notre pays semble seul ignorer les lois du plus simple bon
sens sur les conditions de l'excellence du fromage à pâte molle.

Outre ces considérations, il en est d'autres non moins
importantes en faveur du petit fromage contre les gros. Celui-
ci se détaille avec peine, l'autre se prête admirablement à la
consommation. Il monte intégralement sur la table de dessert,
à l'abri d'une petite cloche de verre destinée à garder son
arome et sa fraîcheur. Un dîner ou deux l'absorbent tout
entier, avant d'avoir pu se dessécher au contact de l'air
ambiant, et le lendemain reparaît un autre pain, rempli de
saveur comme le premier, offrant ainsi l'avantage de cette
bonté toujours ancienne et toujours renouvelée qui assure
les succès durables.

Prenez au contraire un gérômé de quatre à cinq kilog.,
jamais vous n'en ferez un fromage de dessert. Seuls, à
peu près, le Gruyère, le Hollande et le Roquefort se dé-
taillent pas tranche sur la table pour être servis, et cela

en vertu de leur pâte particulièrement intense et solide. Mais vous vous figurez aisément l'aspect que prendrait, sous les lambris dorés de nos villes, entre les couverts d'argent et les cristaux fleuris, une tranche de notre fromage maigre au milieu, s'émiettant par écailles blanches sous le tranchant du coûteau désespéré. Il n'y reparaîtrait pas deux fois. Ajoutez-y l'éventualité du petit lait jaillissant sous la lame, ou du ver faisant une pirouette inattendue, le tableau sera complet.

Ainsi, dans les conditions actuelles, avec son architecture informe, notre fromage est banni de la table de dessert, qui précisément est la table du riche et de l'hôtelier. C'est un malheur. Par le fait même, il retombe forcément sur le pain quotidien de l'ouvrier, qui doit vivre au meilleur marché possible, et le gamin de Paris l'a bien qualifié, en lui donnant le nom de *boîte des pauvres.*

A la campagne, dans les villes et bourgs où son expédition a lieu, les mêmes raisons s'élèvent contre les formes acceptées par nos fromagères. L'épicier qui vend au détail n'a jamais pu comprendre ni approuver un haut fromage, ce qui s'explique du reste avec la dernière évidence. Il est presque toujours blanc au milieu, se découpe par tranches cassées, à force d'être hautes, et produit, avec du déchet, le plus défavorable détail, s'il n'est entièrement vieux et gras. Du reste, le consommateur, qui en demande une demi-livre en prendra deux pour avoir le pain tout entier, s'il est petit et bien fait. De là l'écoulement rapide que les pains volumineux ne donnent jamais, et la vente facile et considérable.

Voilà ce que nous disent, à cor et à cri, les épiciers, les négociants, le bon sens et la raison, et voilà ce que ne veulent nullement entendre la plupart des femmes qui s'occupent du fromage. Elles ont leurs habitudes prises et les canons de Sébastopol réunis ne parviendraient pas à démanteler la forteresse de leur indocilité. Il n'est pas un négociant qui ne leur adresse les mêmes recommandations, et tous,

tant que nous sommes, nous nous voyons obligés de capi-
tuler, depuis des années, devant les entêtements insurmon-
tables de la routine. Il nous faudrait le levier avec lequel
Archimède voulait soulever le monde, et encore il n'y suffi-
rait pas.

Vous allez me dire, Monsieur, qu'en plaidant en faveur du
petit pain contre le gros, je veux détruire le Gérômé. Chaque
pays a ses formes, qui sont précisément le caractère distinc-
tif de ses produits. Dès lors, pourquoi vouloir noyer notre
fromage dans la ressemblance d'un autre? Où serons-nous,
si l'on nous recherche au fond des Vosges et que l'on nous
retrouve à Münster ou sur les côtes de Normandie? L'objection paraît sérieuse au premier abord.

Toutefois, je me demande à quel titre notre production
porte alors le nom de Gérômé, puisque Gérardmer, dont
elle tire son nom, fabrique des produits qui s'appellent
aujourd'hui Münster. Il y a là, Monsieur, une contradiction
qui a besoin d'être élucidée. Est-ce Gérardmer qui est en
fraude ou nous qui sommes en retard? La question posée
est aussitôt résolue, Gérardmer vend bien plus cher que nous,
donc le tort est tout entier de notre côté. Qui voudra me
contredire? C'est Gérardmer qui a donné son nom
au fromage vosgien, il est notre maître, notre chef de file,
notre porte-drapeau. A nous de le suivre, puisque nous
sommes décorés aux yeux du public, de ses propres enseignes.
Ne pas l'imiter, c'est le renier et perdre la qualification
qu'il nous a méritée.

Depuis quelque années, un mouvement en ce sens paraît
se manifester en plusieurs points de nos régions. La Bresse
commence à emboîter le pas sur Gérardmer : de riches
propriétaires y fabriquent d'excellents fromages de un kilog.
et leur exemple prend de plus en plus dans notre canton de
Saulxures. Ce sont là des exceptions, je le sais ; néanmoins,
c'est un signe pour l'avenir. Je suis convaincu, pour ma
part, que dans 40 ans d'ici, après un enfantement laborieux,
notre pays, *du moins dans les régions montagneuses*, aura

abandonné la forme surannée du gros Gérômé. La tendance
de notre époque est là : les pains volumineux, tout blancs
et tout saignants de jeunesse, auront vécu leur temps devant
les petits fromages qui surgissent de partout et viennent
inonder nos places de leurs formes plus convenables, plus
mûres et plus au gré du consommateur,

Je parle ainsi, Monsieur, *pour les régions montagneuses*, bien
que la possibilité d'imiter le Münster, dans les vallées et
jusqu'au fond de la plaine, nous soit démontrée par des
exemples éclatants. Les noms de MM. lLaurent, Trompette
et Bresson jouissent d'une grande réputation au milieu de
nous. Mais en l'état actuel de notre expédition, avec nos
débouchés multiples sur le Midi, parmi les populations vi-
nicoles de la Provence et de l'Afrique, je reconnais qu'une
partie de notre production ne messied pas d'être en gros pains.
C'est même une des conditions expresses réservées pour la
vente, et aussi pour le climat. La famille entière qui fait
l'achat d'une boîte aime les larges formes, *en raison de
la boîte*, dont le poids est d'autant plus favorable à ses
intérêts que le fromage, proportions gardées, déborde sur
le bois. C'est là, du reste, la raison pour laquelle certaines contrées réclament les gros pains. Partout où les bois
ne sont pas *réglés*, les fromages volumineux sont recherchés.
C'est le calcul de l'acheteur qui le veut ainsi, mais non pas
(remarquez-le bien), la *forme du fromage en lui-même*. Aussi,
dès le jour (et ce jour viendra) où la boîte ne serait plus
comptée au prix de la marchandise qu'elle contient, les
grosses formes seraient remisées par les villes, et même
par les campagnes, c'est ma conviction, d'après l'expérience
que je puis avoir de la consommation et le spectacle de
la concurrence terrible que nous font d'autres pays, avec
leurs petits fromages. La ville de Nancy, qui était autrefois
un de nos meilleurs débouchés, ne fait plus que peu d'affaires
avec nous : le Limbourg y a pris le dessus, si bien que
récemment un négociant considérable de la place me pro-
phétisait une ruine complète, si nos marcaires conti-

nuaient la fabrication de leurs gros Gérômés. Je pourrais vous citer, à l'appui de ma thèse, une foule de lettres qui m'arrivent tous les jours en ce sens. Uu grand fabricant étranger, avec lequel je suis en relations, me promettait cent mille francs d'affaires tous les ans, si je pouvais lui fournir des *façons Münster*. Hélas ! Monsieur, je me dévouai en vain : une montagne infranchissable surgit devant mes pas. Seuls le temps et la patience pourront, à la longue, accomplir ce chef-d'œuvre du côté des marcaires.

Leur grande objection est celle-ci : faire de petits fromages demande trop de temps et occasionne trop de déchet. On n'a pas le loisir de s'y occuper ; ce serait perdre des heures mal à propos, et se voir obligé de compter la fabrication du fromage comme un des grands ouvrages de la journée.

Ici se révèle l'*étude de quantité*, dont je vous ai parlé au commencement, ainsi que le peu de cas que quelques-uns font du travail journalier de la marcairerie : craindre ce travail et le bon égouttage du caillé, voilà le grand considérant dans la question. C'est un aveu pris sur le fait, qui révèle d'étranges sollicitudes. Je ne m'étonne plus, dès lors, que généralement, dans les petites fermes, les produits obligés d'une vache ou de deux laissent tant à désirer. Il est rare d'y rencontrer un petit pain bien fabriqué. La forme n'y est pas, ils sont trop salés, trop hauts, trop inégaux, souvent pleins de larves et de petit lait, sur lequel on a spéculé jusqu'à la dernière goutte. Marchandise détestable qui, au lieu de valoir dix francs par cent kilog. sur le cours, est bien inférieure à toute autre, à l'exception des formes moyennes. Celles-ci sont connues dans le commerce sous le nom de *Bâtards*, c'est-à-dire *intrus* dans la famille des Gérômés. Placés à égale distance des gros et des petits, ils occupent une situation hors classe, et font le désespoir de l'expédition. Ils sont trop gros pour s'expédier nus, et trop petits pour être revêtus d'une boîte. Le consommateur n'en veut pas. On le répète à satiété au producteur, et il n'écoute rien. Ces formes détestées, critiquées, reprochées se montrent à nouveau dix fois, vingt fois, cent fois de suite, pour témoigner sans doute que le marcaire entend admirablement l'art de plaire au commerce et à ceux qui dégustent ses produits. Au lieu de dédoubler son caillé, pour former deux jolis Münster, on l'accumule sur un point afin de produire quelque chose d'invendable, que personne ne demande et qui traîne dans les caves du marchand sans trouver d'issue que par contrebande. C'est un gâte-expédition, un parasite qui mange à la table du marchand, sans jamais lui rapporter un malheureux denier.

J'admets, Monsieur, une ménagère qui, disposant de beaucoup de lait, fabrique de grosses formes bassettes. Celles-ci ont un nom, on les demande, on les connaît durant la saison d'hiver ; mais les *bâtards* sont un fruit défendu, une pomme d'Eve, un produit dont l'apparition ne peut-être que le résultat d'une faute. Que de pécheresses dans notre industrie laitière ! Etonnez-vous après cela que je crie sur tous les tons à l'immoralité.

Je sais bien que la quantité de lait est un guide-âne que chaque marcaire doit suivre, dit-on. Néanmoins, le lait est une matière que l'on peut façonner à sa fantaisie, selon les désirs de ceux qui en mangent les produits. S'il nous est difficile d'établir des fruiteries, comme en d'autres pays, il est toujours au pouvoir de chaque producteur de distribuer sa caillebotte avec proportion et bon goût. Dans cette question, c'est le consommateur qui doit décider. Or, puisqu'il réclame tantôt des forts pains bassets et tantôt de petits fromages de deux livres, pourquoi le bourrer de formes qu'il déteste et qui le font courir sur le Limbourg que les Allemands nous adressent par grands wagons? On ne peut être ni plus maladroit, ni plus mal avisé; c'est une gaucherie incomparable que de servir un plat de carottes quand on vous demande un gigot de mouton, et je me demande combien de temps se tiendrait debout un restaurateur qui se permettrait d'en user ainsi à l'égard de ses clients. Aujourd'hui l'industrie ne vit que par la concurrence de ses produits. Tout le monde s'entend à fabriquer; il n'y a plus que l'embarras du choix. Vingt producteurs s'offrent pour un sur chaque branche de commerce, et quiconque n'apporte pas une vigilance extrême, un soin tout particulier à sa marchandise, est sûr de descendre au pied de l'échelle, à moins de fournir à vil prix. Nous ne sommes plus au temps où les distances étaient grandes ; l'Amérique trône sur nos places avec une étonnante facilité, et les régions lointaines de l'Asie nous expédient par vaisseaux des raisins pour fabriquer jusqu'à nos vins. Le monde entier est à tous, et c'est le cas de répéter que les biens de la terre, ses richesses et ses revenus, appartiennent au plus intelligent et au plus habile.

Je m'arrête là, Monsieur, avec le regret profond de constater l'indifférence de nos populations relativement à des questions d'une importance aussi capitale. Partout autour de nous , comme vous le disiez si justement naguère , des progrès étonnants se réalisent; c'est la vie, le mouvement, la fécondité, tandis qu'ici règnent en maîtres la routine et l'ignorance de nos intérêts les plus chers. Symptôme alarmant, douleur patriotique qui reflue avec angoisse au cœur de tout homme qui pense et apprécie la marche indomptée du *progrès matériel*. Nous sommes des capitalistes sur la pente de la décadence et de la ruine. Notre lait joue le rôle de fonds considérables qui, remis aux mains d'obscurs agioteurs, réalisent péniblement leur pour cent de rentes.

L'étude de notre budget nous en donnera la conviction douloureuse. J'y toucherai dans ma prochaine lettre.

Veuillez agréer, Monsieur, l'assurance de mes sentiments dévoués.

LE BUDGET

DU MARCHAND ET DU MARCAIRE

———

Saulxures-sur-Moselotte, février 1880.

Monsieur,

En vous entretenant de la question budgétaire de notre production, je suis assuré de toucher à un point que vous avez profondément à cœur. Bien des fois, dans vos écrits, vous avez déploré, avec un patriotisme ému, la position très secondaire de nos finances : le marcaire suivi de trop près par des besoins lourdement sentis, à côté du rendement laborieux de nos revenus, tel a été, en maintes occasions, l'objet de vos pensées et de vos sollicitudes. Marcaire vous-même, vous prenez votre cause en main avec une parfaite connaissance. Laissez-moi vous en féliciter et agrandir le cercle de vos plaintes, en traitant par addition la question du budget de l'expéditeur. Mes observations en ce point auront autant d'éloquence que les vôtres ; elles seront la pleine justification de la campagne que nous avons entreprise contre l'état actuel de notre malheureuse industrie.

Pour quiconque sait porter autour de soi un regard attentif et intelligent, notre situation financière est des plus étriquées. Disons le mot dans sa vulgarité : le producteur tire assez souvent le diable par la queue. On le sent à ses exigences, à ses regards d'envie, à son avidité de rentrer prématurément dans ses fonds. Tout respire la maigreur et l'étroitesse d'une position embarrassée. Les places sont faites d'avance, et l'argent, dans ses mains, est un cours d'eau qui s'écoule en toute hâte vers des prairies desséchées par les rayons du soleil.

C'est là, Monsieur, un des côtés les plus tristes de notre industrie. Elle est presque impuissante à nourrir ceux qui s'y adonnent, et cela par la maladresse et l'entêtement dont ils fournissent le continuel témoignage. Dites-leur de bien nourrir leur bétail, pour bonifier et féconder le lait ; ils vous répondront que *cela coûte*, se refusant à comprendre que l'entretien des vaches est un capital prêté à dix pour % d'intérêts. Il est bien établi que les farineux et les tourteaux doublent le rendement du bétail, et néanmoins ils ne veulent pas en user, sous le prétexte éternel que cela coûte trop cher. Doit-on s'étonner dès lors que, dans notre industrie fromagère, chaque tête de vache représente un aussi maigre capital ? Quand elle réalise 300 kilos de fromage, à force d'efforts et de petit lait, c'est un magnifique résultat que nos producteurs chantent bien haut. En estimant ces produits au cours moyen de 80 francs les 100 kilos, on obtient un maximum de 240 francs.

Il est bien évident qu'avec de tels chiffres la fortune publique ne saurait être prospère. Que l'on compare ce résultat à ceux que réalisent d'autres pays fromagers, il sera facile de s'en assurer.

J'ai connu, dans les montagnes du Daupiné, une bonne femme qui nourrissait deux chèvres avec le lait desquelles elle fabriquait ces petits fromages, connus sous le nom de *Tomes de Saint-Marcellin*. Eh bien, elle réalisait, bon an mal an, avec ses deux petites bêtes, un revenu de 200 fr., c'est-à-dire une somme égale au produit d'une vache de nos montagnes des Vosges.

En Normandie, chaque pièce de bétail rapporte de 500 à 1,000 francs dans les mains de son propriétaire, chiffre énorme en comparaison du nôtre; aussi voyons-nous la culture y être en honneur et les fermiers jouir d'une aisance qui dépasse de dix coudées les plus favorisés de notre pays.

Sans aller si loin, sans même sortir des Vosges, un bon nourrisseur me disait avoir réalisé 1500 kilos d'excellents fromages avec trois vaches entretenues ; et remarquez, Monsieur, qu'il confectionne de petits Münster gras comme du beurre, et valant 100 fr. les 100 kilos. Nous voici déjà loin des 240 fr. de tout-à-l'heure.

Je pourrais citer une foule d'autres exemples non moins concluants à l'appui de ma thèse, mais qu'il me suffise d'ajouter, à titre de complément, que bien loin de remédier à leur situation précaire, bon nombre de producteurs travaillent à l'aggraver ; au lieu de porter leur attention sur la bonne tenue de leurs laitières, ils mettent leur gloire à tenir un régiment de *macrelles* qui vont et qui viennent sans nourriture suffisante et sans lait. Ici encore la quantité fait loi, au rebours de la qualité et du rendement lui-même. Trois vaches bien soignées peuvent produire mieux et plus que cinq autres mises à la portion congrue. Certains marcaires en fournissent la preuve tous les jours, et nos livres de comptabilité sont là comme un témoignage vivant de la différence qui existe entre un nourrisseur et celui qui ne l'est pas. Produire peu et mauvais semble l'apanage de ce dernier, dans les régions inférieures de nos montagnes.

Mal avisé du côté de la nourriture donnée à son bétail, le marcaire entend aussi mal la question de ses revenus sous d'autres rapports. Je vais en donner la preuve, en traitant du budget de l'expéditeur, car ces deux points se touchent tellement entre eux qu'il est impossible de parler de l'un sans arriver fatalement à l'autre. J'y viens tout droit, pressé que je suis, après avoir montré le marcaire malheureux par sa propre faute, de constater que la situation faite à l'expéditeur est relativement plus déplorable encore.

Placé à la tête d'un commerce considérable, avec un roulement de fonds qui se compte par centaines de mille francs, il réalise des bénéfices dérisoires, à défaut de ces secousses profondes qui viennent par intervalles le mettre à terre, après une existence traversée par les plus rudes

labeurs. Nul métier n'est plus mobile et plus ingrat que
celui-là. Point de lendemain assuré, ni de deniers certains.
Les plus aguerris subissent des chocs violents qui, dans une
seule année, détruisent vingt ans d'économies péniblement
élaborées. Et ceci n'est point un accident de hasard qui
survient une fois dans le mouvement de tout commerce;
c'est un état permanent, une menace perpétuelle, une épée
de Damoclès suspendue sur la tête de chacun, toujours menaçante et terrible en ses chutes. La condition du fromage
le veut sans doute ainsi. Par nature, c'est une marchandise
d'une délicatesse extrême, avec laquelle il est aussi dange-
reux de jouer qu'avec le feu. Nul n'est maître en cet art,
où chacun reçoit à son tour de bien dures leçons. Les marcaires
vous circonviennent, ils vous débordent, ils vous menacent,
ils vous poussent l'épée dans les reins. Vous vous décidez à
leur offrir un cours avantageux pour eux, et vous vous endor-
mez, attendant que votre bonne étoile vous donne raison.
Mais, hélas! le lendemain arrive et tout change d'aspect : un
rayon de soleil inattendu perce la nue, la température se
radoucit, il pleut, il dégèle, adieu le rêve et la tranquillité.
Votre complaisance est payée par de lourdes pertes; la
consommation a fait un pas en arrière, et les bruits de
baisse retentissent jusqu'aux profondeurs de nos caves.
Un tour d'horloge a suffi pour nous enlever les bénéfices
de toute une année.

Voilà l'histoire du commerce que nous faisons. La température est un dieu qui nous immole à ses caprices, au
moment où nous ne nous y attendions pas. Mais là ne s'arrêtent
point les déboires essuyés par notre bourse. Il est plus facile
peut-être de vaincre l'atmosphère que la déraison de certains
producteurs. Ces baisses qui surviennent avec la rapidité de
la foudre (et souvent pour des causes de fabrication avortée)
nous sont imputées par leur rapacité déçue, comme si nous
tenions dans nos mains le lait du marcaire ou le couteau du
consommateur. Telle chute se fait dans la vente, à cent lieues
de nous, et c'est nous qui en sommes la cause, nous qui la

produisons, nous qui devons en supporter les ruineuses conséquences, nous enfin qui, au moment de *régler*, serons com-
battus jusqu'à nos derniers retranchements, tandis que le
marcaire est le premier coupable, en bourrant sur nous sa
marchandise, que nous devons recevoir dans nos caves, sous
peine de disgrâce et de ridicules menaces.

O boucs émissaires, véritablement chargés des péchés du
peuple !

A ces causes de l'ingratitude de notre métier, viennent s'en
adjoindre une foule d'autres non moins décisives et non
moins puissantes. Autrefois les fonctions d'expéditeur étaient
limitées à la définition du mot ; aujourd'hui tout est changé,
tout est perverti ; la corruption s'étend sur toute la ligne.
J'en ai signalé une première conséquence dans mes considérations sur le fromage blanc ; il en est une autre que je tiens
à décrire avec tous ses caractères, et puisque nous sommes
arrivés à la question financière, vous serez obligé de reconnaître avec moi, Monsieur, que, malgré ses besoins, le marcaire, encore ici, est de la dernière maladresse, relativement
à ses propres intérêts.

« Nous sommes servis comme des seigneurs, disiez-vous
naguère, et cependant notre bourse n'est pas celle d'un seigneur. » Rien de plus vrai. Par une suite de fautes et
d'exigences, nos producteurs en sont arrivés à se faire mettre
tout sous les mains, comme s'ils étaient millionnaires. S'agit-
il d'un malheureux sac de sel, cheval et voiture sont mis en
réquisition. Tourteaux, fromages, boissons, farine, tout passe
sur le dos du marchand qui, pour répondre à tant d'exigences,
est obligé de tenir un formidable train de maison. Les chemins sont difficiles, les écarts éloignés, les neiges accumulées
et le producteur n'en sait rien. Son rôle est de dormir comme
une marmotte pendant les longs mois d'hiver, tandis que
l'expéditeur, chargé de toute la besogne, parcourt les montagnes avec un attirail de chevaux qui lui coûtent très cher
d'entretien, de domestiques qu'il salarie et nourrit, de voitures
qui se brisent et font, à ses dépens, la fortune des forgerons.

On dirait ces esclaves d'autrefois qui, nuit et jour, adonnés aux travaux de leur servilité, consacraient tous les moments de leur existence au service du suzerain de leur pays. Un seul cas les épargne de la peine, celui de la baisse. Cette fois, les chevaux de l'expéditeur ont la permission de manger leur avoine à l'écurie du patron et les domestiques de rentrer au fond des caves. On lui fait la prévenance de lui apporter soi-même le cadeau des pertes qui vont survenir. Excès de libéralité, comme vous le voyez. Mais en dehors de ce cas particulier, le marcaire se fait traiter comme un riche seigneur, lui qui, hélas ! est si peu favorisé de revenus. Il charge les bras de l'expéditeur du soin de préparer ses fromages, il l'oblige à se monter de chevaux et de voitures ; il mendie ses domestiques pour les mettre à son service, le tout *à ses propres frais*, comme au détriment du marchand lui-même. Notre budget n'est si grevé que parce que nous sommes littéralement écrasés sous le poids de ce personnel ruineux et encombrant. Veuillez remarquer, d'autre part, que le marcaire, à son tour, subit forcément le contre-coup d'un pareil état de choses.

Les frais énormes que nous subissons pour le roulement de notre commerce nous obligent, sous peine d'une ruine rapide, à être plus exigeants sur les bénéfices à réaliser. Le marchand qui nourrit deux, trois, même quatre chevaux, accompagnés de domestiques, mange dix, vingt et trente francs par jour, avant le lever du soleil. Ne gagner que 5 fr. par 100 kilos de fromages, pour couvrir ses dépenses énormes, serait le pis des métiers, et *souvent il ne les a pas*. Quelquefois toute une période morte se passe sans que l'expédition lui rapporte un malheureux denier, tandis que ses hommes et ses chevaux ne font pas un instant de halte pour les frais. Ne rien gagner, c'est courir à la ruine par le télégraphe. Qu'advient-il donc quand la baisse tombe sur nous et nous dépouille d'un autre côté ? Misérables que nous sommes ! N'est-il pas pitoyable d'entendre le marcaire — je veux dire un certain nombre, — nous répéter *que nous gagnons ce que nous voulons*, et, dans cette pensée stupide, nous remettre tout sur le dos, ne pas faire un pas pour nous aider, et se moquer de nos plaintes, quand malheur nous arrive à leur propos.

Je le dis avec l'amertume dans l'âme et la certitude de trouver un écho profond chez ces travailleurs que je nomme mes confrères, le métier d'expéditeur est le pire de tous, grâce à l'ignorance et à l'ingratitude de beaucoup de marcaires. Que faudrait-il pour nous adoucir la tâche ? Un rien, deux jours par an de bonne volonté de la part de chacun : ils nous amèneraient leurs fromages pour nous dispenser de domestiques et de voitures. Leurs journées seraient admirablement rétribuées, attendu que, déchargé de ces frais ruineux, le marchand s'enrichirait, en prélevant un petit bénéfice sur ses fromages. La plus-value serait pour le marcaire, qui, avec l'expéditeur, bénéficierait de cet état de choses restauré et conforme aux avantages de toute notre industrie. Mais, hélas ! le marcaire ne fait rien et ne fera rien. Les faits acquis sont là, la routine a imprimé ses plis désastreux, et le marchand, comme le marcaire, pourra à peine renouer les deux bouts. Le marcaire, d'un côté, voit ses intérêts par une mauvaise lunette. Quant à faire quelque chose pour le bien de son expéditeur, c'est un chef-d'œuvre au-delà de ses forces et qui dépasse de l'infini sa taille et sa générosité. Incapable de vues intelligentes et ne comprenant pas la solidarité d'intérêts qui l'unit à son marchand, il accomplit perpétuellement des manœuvres égoïstes, qui le perdent lui-même en ruinant son intermédiaire. — Pauvre budget, le plus tourmenté, le plus exposé, le plus maigre au demeurant de tous les budgets, en regard des grands capitaux mis en œuvre et des travaux d'Hercule nécessités par notre commerce. Je ne puis que répéter ici le mot que prononçait devant moi naguère le premier expéditeur de nos montagnes : *Si je n'avais eu pour unique ressource que les fromages, je mendierais aujourd'hui mon pain aux portes*. Je ne puis être assuré d'avoir gagné, en moyenne, *un franc par 100 kilos* de marchandise. C'est juste assez pour nourrir mes domestiques et mes chevaux. Quant à moi et les miens, nous aurions travaillé nuit et jour sans gagner un malheureux denier.

A qui la faute? Aux marcaires d'abord, je l'ai démontré, et ensuite à la *concurrence* qui ruine. J'en décrirai les effets funestes dans ma prochaine lettre.

Veuillez, en attendant agréer l'expression de mes meilleurs sentiments.

LA CONCURRENCE

Saulxures-sur-Moselotte, mars 1881.

Monsieur,

La maigreur de notre budget d'expéditeur est un fait d'autant plus anormal que notre position est hérissée de périls et de lourdes responsabilités. C'est une loi, dans toute administration, de mettre les appointements au niveau des charges. Le caissier qui fournit un cautionnement au patron, pour assurer les capitaux qui lui sont confiés, reçoit en échange des émoluments rénumérateurs proportionnés. On les compte par dizaines de mille francs, dans les maisons de commerce, et ceci n'est que pure et simple justice. Mais ici, dans notre métier, rien de pareil ne subsiste. Nous sommes les sentinelles préposées aux deniers publics, les gardiens de la bourse de tous, responsables de tous les accidents, chargés de toutes les fautes, en butte à tous les reproches, et cette terrible situation doit être la nôtre, sans compensation de la part du marcaire. Nous nous trouvons ainsi tenir la caisse de patrons regardants et pauvres, pour lesquels il est de notre devoir de courir tous les périls, avec la petite permission de manger maigrement le pain quotidien. Notre cautionnement est versé : ce sont nos prés et nos maisons. Après cela, si quelqu'un de nous s'avise de se mettre à couvert, en critiquant la marchandise dont il porte les responsabilités devant le consommateur, c'est un être discrédité qui mérite de perdre la clientèle qui lui fournit. Survienne une banqueroute inattendue, un rabais, un *laissé pour compte*, toutes les belles éventualités sont à notre adresse. Elles nous appartiennent de plein droit, en vertu de notre position. Qant aux appointe-

ments, la question change de rôle et de tenue. Certains producteurs ont la générosité de ne pas nous en reconnaître ; ils
nous mettent aux gages, comme le cantonnier ou le casseur
de pierres sur la route. Voilà notre magnifique partage.

Fort bien, me direz-vous. Ces plaintes que vous formulez
auraient leur raison d'être, s'il ne vous était pas loisible de
vous mettre en assurance contre de pareilles coutumes indus-
trielles. N'êtes-vous pas libre dans votre maison ? Charbonnier
est maître dans sa baraque. Tuez la routine, réformez la fabrication, baissez les prix en proportion du cours des places,
vendez vos voitures et vos chevaux, renvoyez vos domestiques,
ne prenez que des fromages rousseaux, refoulez, en un mot,
ce débordement qui vous inonde de part en part. Alors, tout
deviendra plus facile et plus raisonnable ; le commerce
reprendra une voie normale et justice enfin vous sera rendue.

Hélas ! Monsieur, la théorie est magnifique, mais elle a
contre elle un ennemi redoutable qui déjoue tous les calculs
de la raison et tous les efforts en faveur du progrès : *c'est la
concurrence.*

Ce dieu-goulu qui ouvre les bras et la bouche à tout venant,
qui mange éternellement et n'est jamais repu, qui court au-
devant du producteur, prend ses fromages encore saignants
dans les formes, sans distinction, sans observation, le tout
pêle-mêle, et qui, gonflé de l'orgueil de ses conquêtes, regarde
le public et semble lui crier : Voyez mon personnage et ma
rondeur : *c'est la concurrence.*

Ce reptile qui glisse dans l'ombre, s'avance à la dérobée,
entre dans les caves, tourne discrètement autour des balances,
offre une pomme à la femme du lieu et revient à domicile
avec la clientèle de son voisin : *c'est la concurrence.*

Ce courrier matinal qui se met en mouvement avant la
pointe de l'aurore, avec une voiture neuve, qui monte les
chemins difficiles, escalade les montagnes et va dire au
marcaire : Vendez-moi, je m'offre à prendre vos fromages à
domicile pour vous épargner la peine de les amener, que
demande de vous votre ancien marchand *c'est la concurrence.*

6

Ce poltron qui, dans la crainte de perdre un client, ne lui dit mot sur sa marchandise mal confectionnée, passe l'éponge sur ses ignorances ou ses calculs en désordre, trouve bon, afin d'obtenir, ce que d'autres avaient trouvé mauvais : *c'est la concurrence.*

Ce corrupteur qui, pris d'un amour aveugle de l'or, achète fromages blancs plus cher qu'il n'avait payé les croûtes, moissonne dans les champs du voisin à des prix plus élevés que chez lui : *c'est encore la concurrence.*

Ce marcaire facile à déplaire, instable comme la feuille au vent, impérieux sur son marchand, exigeant pour les prix, menteur dans ses affirmations, peu soigneux dans sa fabrication, et courant, au moindre déplaisir comme à la moindre critique, dans les bras d'un autre expéditeur : *c'est toujours la concurrence.*

Concurrence, concurrence ! De quelles aberrations ne s'est-elle pas rendue coupable ? C'est un génie fatal qui, servant l'intérêt particulier au lieu d'être au service général, a tout contrefait, tout brouillé, corrompu, tout marqué d'une flétrissure indélébile. C'est lui qui a fait le petit lait, les avortons, les chevaux, les domestiques, lui qui a défloré notre industrie et gâté son grand complice, le mauvais marcaire.

Comment voulez-vous, devant cette force invincible, que les meilleures volontés puissent réaliser quelque chose en faveur du progrès ? Isolé de ses confrères, chaque expéditeur ne représente qu'une faible unité en butte à l'exploitation du producteur. Celui-ci le sait si bien que, parfaitement convaincu de sa supériorité d'action, il met tous ses soins à *diviser pour régner.* Voilà sa grande force, et aussi notre impuissance radicale vis-à-vis du marcaire. Faites-lui remarquer que ses fromages sont mal fabriqués : *le voisin,* vous répond-il aussitôt, *les trouvera bien bons.* Parlez de ne plus recevoir que des pains rousseaux, il vous fera de nouveau la même riposte triomphante sur le placement facile de son lait caillé. Critiquez les formes, la hauteur, la largeur admises dans telle ou telle maison, vous y perdrez votre latin ; les marchands antérieurs n'y ont jamais trouvé à redire. Ainsi, vous le voyez, grâce aux facilités que lui donne la concurrence, au lieu de faire effort pour répondre aux désirs de celui qui écoule ses produits, en le regardant comme l'interprète de la consommation, le marcaire met toutes ses sollicitudes à faire mordre les marchands les uns sur les autres, pour avaler plus vite ses *avortons*. Procédés d'aveugles, manœuvres de sourds que la compétition commerciale excite et nourrit au lieu de les déjouer, comme un essaim de vices rongeurs destinés à ruiner notre pays.

Placée ainsi face à face avec le producteur, la concurrence, loin d'être l'âme des affaires, est la mère de tous les vices. C'est un brevet de capacité donné à toutes les ignorances, une flatterie décernée à tous les défauts, une absolution prête à tous les pardons, un appétit ouvert à toutes les sauces, un mensonge, une ruse, une courtisane faible agenouillée aux pieds d'un contrebandier.

Ceci, Monsieur, vous donne l'explication de l'étonnement extraordinaire dont furent saisis beaucoup de producteurs, en lisant les premières lettres que je vous ai adressées. Jusque-là, flattés et dorlotés par certains expéditeurs en concurrence les uns sur les autres, ils étaient loin de s'attendre à ce petit coup de tonnerre dans un ciel aussi serein. Pour la première fois, un négociant, se faisant l'écho de la consommation relativement à nos produits, osait élever publiquement la voix, au préjudice de ses propres affaires, et laisser retentir un avertissement d'alarme. Il venait, avec l'amour de sa patrie, crier à tous : *Je ne suis point la concurrence ! je suis le progrès et la réforme, pour le bien-être de mes concitoyens !*

Le progrès, Monsieur, voilà la haute raison du franc-parler que l'on m'a reproché. C'est aussi le maître impérieux devant lequel il faut se courber, sous peine de tenir la queue, après avoir tenu la tête des industries fromagères françaises et étrangères. La concurrence en est le fatal ennemi ; il faut la renverser par l'union des volontés dans le bien commun, et l'honneur du pays. C'est là une noble tâche au premier chef,

un cas de vie ou de mort à bref délai, bien digne de fixer les
regards de tous ceux qui portent dans leur cœur, à la place
la plus élevée, l'image de cette grande chose que l'on appelle
la patrie.

Ne soyez donc pas surpris, Monsieur, si, ayant eu à
m'exprimer au sujet du syndicat, j'en ai regretté l'abolition.
Malgré les lacunes qui s'y rencontraient, il eût pu, avec certains articles additionnels, amortir cette indocilité qui carac-
térise le producteur, et vient de la routine, qui est une seconde
nature. Non loin de nous, dans les montagnes du Jura, l'industrie laitière vient de donner un exemple du plus haut
intérêt pour les montagnes des Vosges. Les négociants qui se
sont réunis au congrès de Pontarlier avaient un autre souci
que celui de leur pot-au-feu personnel. Frappés des progrès
que la Suisse réalise sous leurs yeux par le principe d'association, ils ont fait trêve à toutes les compétitions antérieures,
et se sont donné la main dans une fraternelle entente, pour
offrir un rempart invincible aux défaillances de la routine
dans la fabrication du Gruyère français. Mouvement salutaire
patriotique, intelligent, qui devrait s'opérer partout où nous
subissons la décadence, et qui sera le nôtre un jour, quand,
à bout de déboires et de leçons, le monde commercial sera
vaincu par la force des choses et les lumières de l'évidence.

Nous sommes envahis par l'étranger qui, grâce au libre-
échange, devient un rival avec lequel il faut compter sur les
places. Sachons nous défendre par la qualité supérieure de
nos produits, seule capable de nous épargner une irrémédiable
défaite.

La concurrence, Monsieur, a fait plus que corrompre la
fabrication du Gérômé : elle a créé ce commerce de casse-cou
que j'ai défini, par ses achats aventureux et ses offres égale-
ment désordonnées. L'union des expéditeurs qui manque ici,
sur le théâtre même de la production, fait autant défaut sur
les places où notre marchandise est vendue. A l'imitation du
marcaire qui s'appuie sur les menées d'un étourdi pour
crier partout à la hausse, certains destinataires jouent le

même rôle relativement aux propositions qui leur sont faites.
Tel expéditeur concurrent veut arriver avant l'autre sur une
place. Il offre en baisse sur les cours pratiqués, et voilà qu'il
devient le point d'appui sur lequel la place entière se lève
pour annoncer la baisse. Que d'histoires je connais sur ce
point ! Je vous en conterais de vraiment extraordinaires. Qu'il
me suffise de vous citer le nom de Marseille, où ces tours de
voltige ont eu lieu, pendant le cours de cette mémorable année.
Marseille est la reine des acrobaties fromagères. En décembre
dernier, une culbute de 20 fr. par 100 kilos s'y est opérée
dans le délai d'une semaine, grâce à des offres dérisoires qui
sont arrivées coup sur coup de la part de certains *batteurs de
monnaie aux abois*. Je me figure un de ces énormes amas de
neige que les hivers accumulent parfois dans les anfractuosités
de nos montagnes. Au moment du dégel, une première goutte
filtre, puis un petit ruisseau, puis vingt autres qui commen-
cent à paraître, lorsque tout d'un coup, du sommet des neiges,
un bloc se détache, roule, tombe, et, sous la secousse de son
poids, produit un large éboulement qui renverse tout et fait
un monceau de ruines.

Voilà l'image de la concurrence à la baisse. Vingt expéditeurs voudraient suivre avec sagesse et raison la marche
descendante des cours ; un seul a le pouvoir de les précipiter
tous.

Je vous demande si c'est là le bien du pays. Que la concurrence soit l'âme des affaires, je ne veux point examiner en
quelle occasion. Dans notre commerce, je l'appelle souvent
l'âme de la décadence et de la mort.

Le syndicat avait eu la haute sagesse d'obvier à ces chutes
désastreuses, en fixant un *minimum* d'offres, basé sur le tirage
de la consommation. C'était un excellent moyen d'éviter ces
secousses violentes qui font de notre commerce un balancier
toujours en mouvement entre le ciel et les abîmes. Quoi de
plus instable, en effet, que ces cours aussi mobiles que la
poussière du chemin ? Ne les a-t-on pas vus, après la guerre
de 1870, monter au sommet de 120 fr. par 100 kilos, et

retomber à 60 francs dans l'espace de quelques semaines ?
Evidemment, la concurrence aidant, la température et les
caprices de la consommation, graissait les roues de la machine
commerciale placée entre nos montagnes et les destinataires
de nos produits. Hélas ! que de blessés dans les engrenages !

Unité, unité, disons-nous en terminant cette lettre. L'unité
pour nous, c'est la réforme, le progrès, l'amélioration, la
richesse, la fortune de tous, tandis que la concurrence c'est
l'abus toujours grandissant, l'arbitraire à la place de la
raison, la routine triomphant de la science, le Gérômé vaincu
et demandant grâce à la porte du pauvre, son asile et son
dernier refuge. La concurrence, c'est la ruine marchant à
grands pas ; et l'unité, c'est l'honneur vengé de notre pays.

Veuillez agréer, etc.

LES OBSTACLES A SURMONTER

Saulxures-sur-Moselotte, mars 1884.

Monsieur,

J'arrive avec regret aux limites que je me suis fixées. Je croyais avoir traité la question fromagère de notre pays avec quelques développements, et voici qu'à la dernière heure une foule de pensées assiègent mon cerveau, me demandant en grâce le droit de paraître à leur tour. Je resterai impitoyable. Le lecteur et le journal y gagneront, car voilà bien longtemps que je mets à contribution l'indulgence de l'un et de l'autre. User est permis, abuser est impertinent. Dieu me garde d'une telle conduite : je hais les indélicats.

Je serais heureux, Monsieur, si, parvenu à la fin de ce travail, je pouvais constater quelque changement dans nos mœurs fromagères. J'ai voulu le bien, avec une volonté indomptable, une énergie à tous crins, une conviction profonde, un amour débordant de notre patrie.

Hélas ! mes efforts seront-ils heureux, et ma raison aura-t-elle produit un écho durable le long de ces belles montagnes où la main du Créateur a semé tant de magnificences et d'où la main de l'homme fait sortir tant de vuigarités ? Je prends à témoin leurs plantes agrestes et les riches prairies dont elles sont émaillées, mon bonheur serait complet si je pouvais me rendre témoignage que mes lettres marqueront le point de départ de la réforme fromagère, appelée par tous les vœux des hommes intelligents de notre pays. Eh bien, je nose y prétendre. Si d'un coup de fronde David a pu tuer Goliath, je me sens en face d'ennemis plus redoutables, qui dépassent

de l'infini mon humble personnalité. Contre moi se dresse
le rocher de Sisyphe, qui retombe éternellement à son point
de départ, et que l'on nomme la routine, fille de l'ignorance.

L'*ignorance*, Monsieur, voilà l'ennemi qui m'épouvante et
me décourage. Se raidir contre elle est une témérité extraordinaire ; elle est plus impitoyable que la raison, plus puissante
que le génie, plus impérieuse que l'évidence ; c'est le désespoir de l'esprit qui voit d'en haut, du patriotisme qui s'émeut,
de l'idéal qui ne l'atteint jamais, du mouvement qui perfec-
tionne, du progrès qui s'impose, de toutes les volontés et de
toutes les énergies : *l'ignorance est la première force du monde.*

Prenez un paysan quelque peu dégrossi, possédant une
certaine culture intellectuelle, vous deviendrez bientôt son
maître. Il comprendra vos conseils, pourra suivre vos raisonnements, et son esprit convaincu ne tardera pas à plier sa
volonté sous le joug bienfaisant de vos leçons. L'affaire de ses
propres intérêts changera à ses yeux d'aspect et de tournure ;
elle deviendra, d'une question ardue et mal interprétée, un
problème simple et net dont il saura tirer lui-même la
véritable conclusion. Ce travail accompli, la victoire est
certaine et le succès durable.

Un ignorant, au contraire, dont les ressorts de l'intelligence
n'ont jamais fonctionné, dont l'esprit est un champ étouffé
sous les herbes nées du hasard et des circonstances, est d'une
impuissance radicale, lorsqu'il s'agit de perfection et de
progrès. Il joue le rôle de ces oiseaux empaillés que je con-
templais naguère chez notre excellent Dominique Pierrat. Il
a des yeux et ne voit point les beautés de la nature, des
oreilles et n'entend pas les harmonies du bon sens et de la
raison. Vivre, pour lui, c'est être fondu dans un moule impossible à réformer, collé dans un plumage qui ne mue plus
pour reprendre une nouvelle jeunesse, plus brillante et plus
de saison. Incapable de diriger ses actes d'après les saines
lumières de l'esprit, il les livre, les confie, les rive dans cette
immobilité qu'on nomme la routine, maîtresse suprême et
forme immuable de son existence. Lui imprimer un mouve-

ment, redresser son attitude, changer sa pose et sa tenue, autant d'impossibilités et de vaines tentatives. Les plis sont pris, les articulations fixées, les plumes raides, le tout de marbre, impossible à manipuler.

Voilà l'ignorant, Monsieur, ou plutôt l'œuvre de l'ignorance. Ne point entendre raison, ni se laisser conduire, en est le premier effet; mal comprendre en est le second. Vous trouverez des personnes qui vous écouteront parler, qui vous liront peut-être. Croyant savoir quelque chose et ne sachant rien, elles saisiront vos pensées de travers. Vous essayez de les éclairer, elles croiront à des machinations secrètes ourdies pour les exploiter. Etrange ignorance que celle-là, la plus redoutable et la plus décourageante de toutes.

Si telles sont en général les conséquences du manque de culture dans l'esprit humain, vous êtes en droit de me demander la définition que je donne ici au mot *ignorance*. Est-ce l'absence des connaissances qui font l'homme du monde, l'homme intellectuel? Je vous répondrai que non. On peut ne pas connaître Virgile ou Tacite, sans être pour cela ignorant. L'astronome qui étudie le cours des planètes, le mathématicien qui, d'une ligne de chiffres, parcourt les espaces infinis, ignore peut-être que la chauve-souris voltigeant le soir autour de nos demeures est un signe de chaleur pour le lendemain. Cependant on lui donne le nom de savant et la famille des esprits se courbe devant lui : tout savoir n'est donc point requis pour mériter un brevet de capacité. *Connaître à fond son état et sa profession*, voilà la première condition requise, afin de ne point mériter le titre d'ignorant.

L'agriculteur qui sait le moyen de féconder ses terres, de préparer ses assolements, d'accroître le rendement de son bétail, est un propriétaire capable. Le marcaire qui, plein de sollicitude pour son industrie, étudie et renseigne sur les meilleurs procédés de fabrication, confectionne de petits fromages réguliers, d'égale souplesse et de même dimension, parce qu'il en comprend la distinction et les avantages, est un marcaire à la hauteur de sa position. Mais, pour en arriver

là, une certaine moyenne intellectuelle est requise. Appro-
fondir les questions agricoles, suivre les développements et les
formes d'une industrie, essayer les méthodes, comparer les
procédés, choisir les convenances, sont autant de capacités
nécessaires. Or, l'homme sans connaissances est impuissant à
toutes ces choses. Il ne sait rien *innover* ni *découvrir*, et voilà
l'impitoyable condamnation de l'ignorance. L'ornière est son
maigre chemin et la routine son manteau de voyage. Ceci
saute tellement aux yeux, Monsieur, que peu de marcaires
eussent soupçonné l'urgence d'une réforme industrielle au
milieu d'eux. Cet idéal les dépassait de tant de coudées qu'ils
m'ont fait le glorieux reproche d'être trop instruit pour
m'abaisser jusqu'à leurs fromages. J'avoue, en toute simplicité,
que pour être à la portée de l'industrie laitière dans notre
pays, j'ignorais qu'il fallût, en quelque sorte, avoir son brevet
d'incapacité.

Telle n'est point l'opinion d'autres contrées qui, pour mettre
la fabrication du fromage à l'abri des mains de particuliers
incompétents, confient leur lait à des spécialistes expéri-
mentés, chargés de suppléer par leur capacité bien reconnue
aux ignorances de chaque producteur laissé à lui-même.
Telles ne peuvent être non plus les pensées de notre beau
département qui, au point de vue de l'instruction, tient une
place si honorable en France. Une seule industrie semble se
montrer rebelle à notre honneur de Vosgiens ; elle recule au
lieu d'avancer, et cela avec l'indifférence, le sans-souci,
l'aveuglement complet de producteurs qui ne savent point ce
qui se passe autour de nous. *La routine est le dernier seigneur du
pays*.

J'ai invoqué, Monsieur, comme remède immédiat à cette
situation, la création de *fermes modèles*. J'ajoute qu'il serait le
plus efficace, parce que l'enseignement du peuple lui vient
moins de la lecture des livres que du *spectacle*, du *tableau*, de
la *vue de ses yeux*. Voir, c'est être plus frappé que d'ouïr. Le
savant admire les mondes du fond de son cabinet ; l'ignorant
les contemple uniquement dans l'éclat du soleil et des étoiles,

La pratique dans l'enseignement, l'enseignement dans la pratique, voilà le premier maître du peuple et de tous. Des fermes modèles offriraient tous ces avantages, outre qu'elles donneraient à nos populations agricoles la conviction que fabriquer le fromage est une œuvre importante et digne de toutes les sollicitudes de l'intelligence.

L'ignorance, ai-je dit, tel est le premier ennemi qui se dresse contre moi. Il en est un autre, plus vivant, plus sensible, formé de la côte dont un jour sortit la première Eve. En parler est bien délicat. Si j'en donne le nom, je suis perdu ; si je le tais, mes raisonnements seront tronqués et incomplets. Que faire ? Un philosophe célèbre a prononcé cette parole mémorable : *Au fond de tout, cherchez la femme*. Je l'invoque pour me protéger contre elle, en affirmant que la femme est un grand obstacle, malgré de nombreuses exceptions, dans notre exploitation fromagère, dont elle est spécialement chargée. Par esprit, par tempérament, par nature, la femme est plus routinière que l'homme. Tout ce qui sent les principes est en quelque sorte hors de ses aptitudes. Elle fonctionne sous l'activité d'un mouvement monotone, heureux s'il est bon, malheureux s'il est irrégulier. C'est une puissance irréductible. Dans nos montagnes, pour comble de difficultés, la ménagère est souvent pressée de nombreuses occupations. Ses enfants et la culture la circonviennent de bien des côtés. Ce durant, le fromage qui réclamerait ses plus hautes attentions devient entre ses mains le grand délaissé, parce qu'il n'a pas de voix pour se plaindre, comme l'enfant qui pleure. Quant à changer ses habitudes, à perfectionner ses procédés de fabrication, on y perd généralement son temps. Seule une montagne d'or aurait ce pouvoir, et la montagne est plus introuvable que les sources du Nil. Le Gérômé ne la fait point découvrir, elle est à des distances infinies de la caisse des expéditeurs.

L'ignorance, la femme et, en troisième lieu, la concurrence, voilà les forces qu'il faudrait dompter tout d'abord. Or, l'ignorance ne disparait que lentement, la femme ne se corrige que rarement, et la concurrence les abrite l'une et l'autre de ses ailes.

En dehors de ces premiers obstacles, il en est un autre qui repose tout'entier dans la vie casanière des habitants de nos montagnes. Peu de marcaires ont voyagé ; le monde pour eux, confine au bout du pré et du canton. Or, quiconque n'a pas voyagé, n'a pas beaucoup appris. Habitué à vivre seul à seul avec lui-même, le montagnard croit facilement que les mœurs, les habitudes, les caractères sont fondus dans le moule où il les a toujours contemplés. De ce qu'il apporte sur sa table un pain massif de fromage que toute la famille use par le frottement de ses couteaux entrecroisés, il se figure naïvement que le Gérômé se *racle* dans nos villes comme au fond de ses chaumières. C'est l'étonner profondément que de lui révéler son erreur, en lui démontrant que *racler* le fromage peut convenir aux mœurs simples et familières, mais serait d'une haute inconvenance dans le monde civilisé.

Imbu de ces idées, de ces préjugés, il s'obstine à fabriquer, comme s'il était lui-même son consommateur. Les gros pains lui vont, donc l'univers entier doit les aimer ; il *racle*, donc tout le monde doit le faire, jusqu'à l'embassadeur chinois et le consul de la légation roumaine Ah ! si nos producteurs avaient un peu vu ce qui se passe dans nos cités, ils comprendraient autrement l'art de fabriquer le petit Gérômé ; ce qu'ils prennent pour une *amusette* deviendrait respectable à leurs yeux, et ils s'empresseraient d'exécuter les avis qui leur sont donnés de la part de la concurrence étrangère et des villes. Mais, n'étant jamais sortis de notre pays, ils se trouvent par là même incapables d'apprécier l'importance des recommandations qu'ils reçoivent. La routine l'emporte, et, au lieu de se prêter avec intelligence aux désirs du consommateur, ils prennent bravement le parti de lui commander, en lui imposant ce qu'il ne voudrait pas. Excellente méthode, assurément, pour mériter la préférence des clients qui sont environnés de petits fromages, au milieu desquels ils n'ont que l'embarras de choisir.

Je pourrais, Monsieur, agrandir cette nomenclature des difficultés qui sont à surmonter pour accomplir une réforme industrielle dans nos montagnes, mais ce simple exposé vous suffit pour vous convaincre du peu d'espérance que j'ai dans le succès de ma tentative. Au début de ce travail se sont élevées de hautes clameurs. On a crié au scandale, et, si les échos de nos collines sont fidèles, il m'a été reproché de discréditer nos contrées, en révélant les vices de leur industrie fromagère. A quoi je dois répondre que depuis trop longtemps le Gérômé s'est discrédité lui-même, en fournissant au public le perpétuel témoignage de sa fabrication grossière et mal entendue. Mériter le surnom de *boîtes des pauvres* n'est point démesurément glorieux ; en le disant tout haut, je n'ai fait que répéter ce que tout le monde pensait et écrivait tout bas. Les nombreuses lettres de félicitation que j'ai reçues des commerçants les plus considérables et des points les plus divers de la France, me disent combien il était urgent, nécessaire à notre production de recevoir ce solennel avertissement de la part de quelqu'un dont les convictions fussent suffisamment éclairées. Vous avez débuté, Monsieur, dans cette œuvre délicate, et j'ai renchéri sur vous, à mes risques et périls, oubliant mes intérêts personnels pour élever mes yeux jusqu'à la hauteur du bien public et des besoins de notre pays.

Il m'eût été facile de jouer un rôle tout différent : cajoler le marcaire, vanter ses capacités, son fromage, sa fabrication ; tomber à pieds joints sur l'expéditeur, en l'accusant de trop gagner et d'exploiter à son profit les sueurs de la production, voilà ce qui m'eût admirablement réussi ; les clients seraient venus en foule assiéger ma porte, m'offrant leurs marchandises, vantant mes articles, et me proclamant le sauveur du pays. Que sais-je ? on m'eût étouffé d'embrassements et de popularité.

Eh bien, la besogne eût été détestable, et, pour mon bien particulier, j'aurais corrompu la fortune publique, en mettant un bandeau sur les yeux des aveugles. Leur montrer la

lumière est plus noble, plus grand, plus humain, plus
patriotique, plus désintéressé ; c'est aussi plus courageux.

Il est raconté quelque part, dans un vieux livre, qu'un
jour le peuple rat, fatigué des dangers que lui faisait courir
un certain chat du nom de Rodilard, tint conseil pour déli-
bérer sur ce qu'il conviendrait de faire. Une idée lumineuse
parcourut la haute assemblée. Sur la proposition d'un sage,
il fut décidé, d'un commun accord, qu'un grelot serait attaché
au cou du chat, comme un signal d'alarme, pour l'empêcher
de venir *incognito* troubler leurs ébats au soleil de la liberté.
Par ce moyen, la gent trotte-menu prendrait le large au
moindre bruit et s'enfuirait sous terre. Hélas ! l'enthousiasme
fut de courte durée. La nuit vint et le lendemain aussi. Déli-
bérer est magnifique, exécuter est une autre chanson. Quand
l'heure d'attacher le grelot fut venue, un grand silence régna
dans tout le chapitre. Le doyen, qui avait fait triomphalement la motion, ne souffla mot. Les vieux commencèrent à
se regarder avec effroi, et l'on entendit tour à tour s'élever,
comme un timide murmure, cette parole immortelle de la
bravoure : *Ce ne sera pas moi !* Si bien qu'au bout de la déli-
bération, Rodilard, aussi libre que l'air, put, comme de
coutume, mener joyeuse vie, et croquer par surprise les
étourneaux en quête de bonne aventure.

Ici, Monsieur, je m'arrête un instant, et, par une illusion
de mon esprit, je me figure que ce fameux chat est encore
ici-bas. Les siècles s'écoulent, les jours prennent la fuite, les
heures s'envolent à tire-d'aile, et Rodilard existe toujours. Il
s'est assis un matin entre le marcaire et l'expéditeur. Bourru
dans ses instincts, entêté dans ses résolutions, enhardi par
l'accueil qu'il a reçu, plein de ruse et de voracité, il a promené
son regard sur nos belles montagnes, et, leur montrant ses
dents affamées, il s'est écrié avec furie : Ces pâturages et ces
maisons, ces marcaires et ces marchands, tout est à moi ; et,
se mettant à l'œuvre, il a dévoré impitoyablement le fruit de
nos plus nobles sueurs. L'agriculture gémit, les bourses sont
vides, l'expéditeur est rongé, et le consommateur pousse de

hauts cris en maudissant le terrible glouton : *C'est la routine,* habillée du manteau de l'ignorance et de l'indocilité.

Au milieu des plaintes et des ruines qu'elle accumule, j'ai tenté d'en arrêter les ravages. Plus hardi que les héros chantés par La Fontaine, je suis allé droit à elle pour lui mettre le grelot au cou. Attacher le grelot était besogne délicate et risquée ; mais le plus gros de l'affaire n'était point là. Toute la question était d'en avoir un.

Qu'il sonne bien ou qu'il sonne mal aux oreilles de beaucoup de gens, ceci m'importe et me trouble peu. Il sonne juste et fort, et c'est là le point capital pour le bien du marcaire et du marchand, pour l'intérêt de tous et l'honneur du pays. Mon désir est qu'il soit entendu, et qu'avertie par sa voix incessante, notre production, mieux avisée, rentre dans le droit chemin et m'oblige à défaire ce que j'ai fait. J'attends cette heure avec impatience, où le marcaire, corrigé de ses négligences, dépouillé de tout esprit de ruse et de contrebande, viendra me dire : La routine est morte, et l'intelligence vit en nous : *Reprenez votre grelot.*

Le moment est solennel. Demain va s'ouvrir, au cœur même de notre pays, un grand concours agricole, où toutes les industries de nos régions de l'Est seront représentées. Avec l'empressement le plus louable, le Comice agricole de Remiremont vient de décider qu'une exposition collective aurait lieu, représentant les produits les plus divers de nos montagnes. A votre tour, vous avez manifesté le désir d'avoir votre part dans cette explosion du patriotisme et de l'honneur, sous le couvert de deux grandes sociétés agricoles. C'est une marque de dévouement qui ne doit point passer inaperçue. Je me hâte donc de venir, au nom de notre cher pays, remercier de l'intérêt qu'elles lui témoignent, la Société d'Émulation des Vosges et la Société française de l'Industrie laitière.

Votre dévoué serviteur,

Louis COLIN.

TABLE

DES MATIÈRES